collection

挚情 真知 雅意

名家作品中学生典藏版

STUDENT EDITION

LIANG XIAO SHENG collection

梁晓声作品

梁晓声：当代作家，中国作家协会会员，以知青文学成名的代表作家之一。1949 年 9 月 22 日出生于哈尔滨市，现居北京，任教于北京语言大学人文学院汉语言文学专业。1979 年开始发表作品，《这是一片神奇的土地》《父亲》分别获 1982 年和 1984 年全国优秀短篇小说奖，《今夜有暴风雪》获 1984 年全国优秀中篇小说奖。2019 年 8 月，作品《人世间》获第十届茅盾文学奖。

典藏

荣获第八届『中国童书榜』优秀童书奖

中学生典藏版 C 梁晓声 著

种子的力量

山西出版传媒集团 山西教育出版社

图书在版编目（CIP）数据

种子的力量／梁晓声著；路静文编. —太原：
山西教育出版社，2020.1（2021.7 重印）
（梁晓声作品中学生典藏版）
ISBN 978－7－5703－0820－0

Ⅰ. ①种… Ⅱ. ①梁… ②路… Ⅲ. ①散文集－中国
－当代 Ⅳ. ①I267

中国版本图书馆 CIP 数据核字（2019）第 261485 号

梁晓声作品中学生典藏版·种子的力量

出 版 人	雷俊林
策 　 划	潘　峰
责任编辑	刘晓露
复 　 审	杨　文
终 　 审	郭志强
装帧设计	薛　菲
印装监制	蔡　洁

出版发行　山西出版传媒集团·山西教育出版社
　　　　　（太原市水西门街馒头巷7号　电话：0351－4729801　邮编：030002）
印　　装　三河市明华印务有限公司

开　　本	889×1194　1/32
印　　张	8
字　　数	173千字
版　　次	2020年1月第1版　2021年7月第4次印刷
印　　数	18 001—21 000 册
书　　号	ISBN 978－7－5703－0820－0
定　　价	32.00元

如发现印装质量问题，影响阅读，请与印刷厂联系调换。电话：0316－3662266

梁晓声：肩担道义　笔书华章
编者序

路静文

梁晓声先生早年就以《这是一片神奇的土地》《今夜有暴风雪》《雪城》《年轮》等一批作品饮誉大江南北，2019年又因长篇小说《人世间》获得我国文学界最具分量的茅盾文学奖，可谓文坛长青树。与共和国同龄的梁晓声先生在40多年的创作生涯里，一直秉持现实主义的创作理念，关注民生疾苦，与时代同行，笔耕不辍，迄今已经给读者留下了2000多万字的丰厚的文学财富。我们从其数百万字的散文作品中辑录出《种子的力量》《让我们爱憎分明》这两册作品给读者，希望中学生朋友们读后能从中汲取写作与成长的启示。

《种子的力量》分"尘世万象""灵魂独语""心之圭臬""文化表情"四辑内容。"尘世万象"这一组文章描绘了以一群小人物为主的故事。善良的看门人赵大爷，为清誉而晚年劳作不息的老妇人，还有咪妮与巴特这一对相依为命的猫狗等，通过他们曲折的命运变化，折射整个社会的世态人情。文章通篇洋溢着的对市井小人物及动物的悲悯怜惜之情，体现了梁晓声先生一以贯之的人文立场。"灵魂独语"是作者从自己日常生活琐事中提炼出来的人生哲思。这些如流沙一样的生活瞬间，在梁晓声先生的记录思考中，闪现出了独特的哲理光芒；也让寻常的日子，因有了思考的沉淀而具备了精神上的定锚之力。"心之圭臬"专辑则集中展示了作者的写作经验、写作立场。这些写作经验的实用性很强，是我们借鉴写作的珍贵宝典。而作者在几篇文章及书信里阐释的写作原则与立场，则体现了一个文化人的自省意识与责任担当。"文化表情"专辑有电影评论，有对中国传统文化的思考，还有对当下流行文化的审思与诘问，视角独特，发人深省。

《让我们爱憎分明》由"生命姿态""玫瑰天堂""山高水长""思想力量"四辑内容组成。"生命姿态"带领读者去窥探复杂的人性与人生，带领读者去思索我们在人生的每个瞬间，应该以什么样的姿态活出自己锃亮的生命质地。"玫瑰天堂"是对亲情的讴歌与展示，母亲的慈爱，父亲的宽厚，是滋养作者的不息暖流。梁晓声曾经说过，写亲情题材的作品，不仅是对父辈的思念和感恩，更因为他们身上深烙着那一代人的印记——在贫困中承担起责任和义务，默默忍受着生活的艰辛，用双手养育家庭，体现了中国底层人民的精神品格。"山高水长"书写阔大的人格，是作者信仰的支撑。雨果在人欲横流的时代依然抱持着的对美好人性确信无疑的虔诚理念，闻一多先生不惜以生命去唤醒大众与民族的勇气、对国民党反动派的威胁嗤之以鼻的耿耿骨气等，都是激励作者以文字为普罗大众服务的动力。"思想力量"则是作者对一些宏观问题的深度思考。在针砭时事的酣畅笔墨里，展示了一个作家的道德良知。

阅读这两本书，我们不仅可以读到梁晓声先生的人生经历、生活主张、哲学思考，更能通过其既温情、质朴又敏锐、犀利的文字，认识到一个最真实坦荡的梁晓声。

一方面，他关注普通草根阶层，对国家对社会，有着责无旁贷的使命感。梁晓声先生与共和国同龄，出生于城市一个贫苦的建筑工人家庭，青年时期经历黑龙江兵团建设生活，以工农兵学员的身份在复旦大学深造，毕业后先后到北京电影制片厂、中国儿童电影制片厂、北京语言大学等单位工作。成长历程有着深深的时代烙印的梁晓声先生，一直致力于为平民阶层代言，关注下岗工人、农民、进城务工人员等这些弱势人群的生存状况，并惯以善意的眼光，发掘普通人身上的美好。他的思想者形象和知识分子情怀，是其写作的温暖底色，这种底色为他的作品留下了朴实的民间温度。

另一方面，梁晓声先生热爱自己的生活，对自己的家庭，对自己的父母亲人，一直有着深厚的情感。虽然年少时期生活十分贫穷，母亲常常需要借钱度日，哥哥更是由于生活压力患上精神疾病，但是父母的勤劳、善良、慈爱，依旧让这个家庭有着融融的暖意。谈到家庭时，梁晓声先生曾经说过："自从家产生了，然后产生了最初的家庭伦理，全部人类文化的这棵大树，是在家这个块根上生长起来的。"获茅盾文学奖的长篇小说《人世间》，就是以梁晓声先生的家庭为原型创作的。可以说，家庭，不但是梁晓声先生身心的安居处，也是其创作的重要灵感来源。而其对国家社会的责任感，又何尝不是由对家庭的责任感扩展而来呢？

就这样，一肩担时代道义，一肩担生活责任，梁晓声先生义无反顾地走着，写着。他不断地在用文字为读者建构着精神上的故乡，愿我们都能在他充满光热的文字里，找到慰藉与力量。

（作者系《语文报·青春阅读》主编，语文报社图书项目部主任，国家二级心理咨询师）

CONTENTS 目录

尘世万象

灵魂独语

心之圭臬

文化表情

尘世万象

　　花瓣儿越多的花，骨朵越大，也越硬实。是一瓣包一瓣、一层包一层的结果。所以越大越硬的花骨朵，开放的过程越给人以特别紧张的印象。比如大丽花、牡丹、菊花，都是一天几瓣儿开成花儿的。说若将人比作花，人太幸运了。花儿开好开坏，只能开一次。人这一朵花，一生却可以开放许多次。前一两次开得不好不要紧，只要不放弃开好的愿望，一生怎么也会开好一次的。

　　　　　　　　　　——《花儿与少年》

花儿开好开坏，只能开一次。
人这一朵花，一生却可以开放许多次。

——《花儿与少年》

花儿与少年

有一少年，刚上小学六年级，班主任老师多次对他妈妈说："做好思想准备吧，你儿子考上中学的希望不大，即使是一所最最普通的中学。"

同学们也都这么认为，疏远他，还给他起了个绰号"逃学鬼"。

是的，他经常逃学。有时候他妈妈陪他去上学，直至望得见学校了才站住，目送他继续朝学校走去。那时候他妈妈确信，那一天他不会逃学了。

那一天他竟又逃学了。

他逃学的原因是多方面的，最主要的原因是贫穷。贫穷使他交不起学费，买不起新书包。都六年级了，他背的还是上小学一年级时的书包。对于六年级学生，那书包太小了。而且，像他的衣服一样，补了好几块补丁。这使他自惭形秽，也使他的自尊心极其敏感。我们都知道的，那样的自尊心太容易受伤。往往是，其实并没有谁成心伤害他，他却已经因为别人的某句话、某种眼神或某种举动而遭暗算了似的。自卑而又敏感的自尊心，通常总是那样的。处在他那种年纪，很难悟到问题出在自己这儿。

妈妈向他指出过。

妈妈不止一次说："家里明明穷，你还非爱面子！早料到你打小就活得这么不开心，莫如当初不生你。"

老师也向他指出过的。

老师不止一次当着他的面在班上说："有的同学，居然在作文中写，对于别人穿的新鞋子如何如何羡慕。知道这暴露了什么思想吗？……"

在一片肃静中，他低下了他的头——他那从破鞋子里戳出来的肮脏的大脚趾，顿时模糊不清了……

妈妈的话令他产生罪恶感。

老师的话令他反感。

于是他曾打算以死来向妈妈赎罪。

于是他敌视老师，敌视同学，敌视学校。

某日，他又逃学了。

他正茫然地走在远离学校的地方，有两个大人与他对面而过。他们是一男一女，一对新婚夫妻。他们正在度婚假。事实上，他们才二十多岁，是青年。但在小学六年级学生眼里，他们当然是大人啰！

他听到那男人说："咦，这孩子像是我们学校的一名学生！……"

他听到那女人说："那你还想问问他为什么没上学呀？"

他正欲跑，手腕已被拽住。

那男人说："我认得你！"

而他，也认出了对方是学校的少先队辅导员老师，姓刘。刘老师在学校里组织起了小记者协会，他曾是小记者协会的一员……

那一时刻，他比任何一次无地自容的时刻，都备感无地自容。

刘老师向新婚妻子郑重地介绍了他，之后目光温和地注视着他，请求道："我代表我亲爱的妻子，诚意邀请你和我们一起去逛公园。怎么样，肯给老师个面子吗？"

他摇头，挣手，没挣脱。不知怎么一来，居然又点了点头……

在公园里，小学六年级学生的顺从，得到了一支奶油冰棒作为奖品。虽然，刘老师为自己和新婚妻子也各买了一支，但他还是愿意相信受到了奖励。

那一日公园里人很少。那只不过是一处山水公园，没有禽兽，即或有，一个"逃学鬼"也没好心情看。

三人坐在林间长椅上吮奶油冰棒，对面是公园的一面铁栅栏，几乎被"爬山虎"的藤叶完全覆盖住了。在稠密的鳞片也似的绿叶之间，喇叭花散紫翻红，开得热闹，色彩缤纷乱人眼。

刘老师说，仍记得他是小记者时，写过两篇不错的报道。

他已经很久没听到过称赞的话了，差点儿哭了，低下头去。

待他吃完冰棒，刘老师又说，老师想知道喇叭花在还是骨朵的时候，究竟是什么样的，你能替老师去仔细看看吗？

他困惑，然而跑过去了；片刻，跑回来告诉老师，所有的喇叭花骨朵都像被扭了一下，它们必须反着那股劲儿，才能开成花朵。

刘老师笑了，夸他观察得认真。说喇叭花骨朵那种扭着股劲儿的状态，是在开放前自我保护的本能。说花骨朵基本如此。每一朵花，都只能开放一次。为了唯一的一次开放，自我保护是合乎植物生长规律的。说花瓣儿越多的花，骨朵越大，也越硬实。是一瓣包一瓣、一层包一层的结果。所以越大越硬的花骨朵，开放的过程越给人以特别紧张的印象。比如大丽花、牡丹、菊花，都是一天几瓣儿开成花儿的。说若将人比作花，人太幸运了。花儿开好开坏，只能开一次。人这一朵花，一生却可以开放许多次。前一两次开得不好不要紧，只要不放弃开好的愿望，一生怎么也会开好一次的。刘老师说他喜欢的花很多。接着念念有词地背诗句，都和花儿有关。"疏花个个团冰雪，羌笛吹他不下来"——说他喜欢梅花的坚毅；"海棠不惜胭脂色，独立蒙蒙细雨中"——说他喜欢海棠的高洁；刘老师说他也喜欢喇叭花，因为喇叭花是农村里最常见的花，自己便是农民的儿子，家贫，小学没上完就辍学了，是一边放猪一边自学才考上中学的……一联系到人，他听出，教诲开始了，却没太反感。因为刘老师那样的教诲，他此前从未听到过。

刘老师却没继续教诲下去，话题一转，说星期一，将按他的班主任的要求，到他的班级去讲一讲怎样写好作文的问题……

他小声说，从此以后，自己决定不上学了。

老师问：能不能为老师再上一天学？就算是老师的请求。明天是星期六，你可以不到学校去。你在家写作文吧，关于喇叭花的。如果家长问你为什么不上学，你就说在家写作文是老师给你的任务……

他听到刘老师的妻子悄语："你不可以这样……"

他听到刘老师却说："可以。"

老师问他："星期六加星期日，两天内你可以写出一篇作文吗？我星期一第三节课到你们班级去，我希望你第二节课前把作文交给我。老师需要有一篇作文可分析、可点评，你为老师再上一天学，行不？"

老师那么诚恳地请求一名学生，不管怎样的一名学生，都是难以拒绝的啊！

他沉默许久，终于吐出一个勉强听得到的字："行……"

他从没那么认真地写过一篇作文，逐字逐句改了几遍。

当妈妈谴责地问他到点了怎么还不去上学时，他理直气壮地回答："没看到我在写作文吗？老师给我的任务！"

星期一，他鼓足勇气，迈入了学校的门，迈入了教室的门。

他在第一节课前，就将作文交给了刘老师。

他为作文起了个很好的题目——"花儿与少年"。

他在作文中写到了人生中的几次开放——刚诞生，发出第一声啼哭时是开放；咿呀学语时是开放；入小学，成为学生的第一天是开放；每一年顺利升级是开放；获得第一份奖状更是心花怒放的时刻……

他在作文中写道：每一朵花骨朵都是想要开放的，每一名小学生都是有荣誉感的。如果他们竟像开不成花朵的花骨朵，那么，给他一点儿表扬吧，对于他，那等于水分和阳光呀……

老师读他那一篇作文时，教室里又异乎寻常地肃静……

自然，他后来考上了中学。

再后来，考上了大学。

再再后来，成为某大学的教授，教古典诗词。讲起词语与花，一往情深，如同讲初恋和他的她……

我有幸听过他一堂课，和莘莘学子一样极受感染。

去年，他退休了。

他是我的友人。一个温良宽厚之人。

他那一位刘老师，成为我心目中的马卡连柯。

朋友，你知道曾有一本苏联的小说叫《教育的诗篇》吗？

要求每一位老师都是马卡连柯，那太过理想化了。但，每一位老师的教学生涯中，起码有一次机会可以像马卡连柯那样。那么，起码有一名他的学生，在眼看就要是开不成花朵的花骨朵的情况下，却毕竟开放成花朵了。

即使一个国家解体了，教育的诗性那也会常存，因为人类永远需要那一种诗性……

怀念赵大爷

"赵大爷不在了……"妻下班一进家门，戚戚地说。

我不禁一怔："调走了？还是不干了？"

"去世了……"

我愕然。顿时想到了宿舍区传达室门外贴的那张讣告——赵德喜同志因病医治无效，于四月十四日晚去世，终年六十岁。行文简短得不能再简短……那天，我看见了讣告。可我怎么也没想到赵德喜是赵大爷，此前我不知他的名字。当时我驻足讣告前，心想赵德喜是谁呢？我怎么不认识呢？我许久说不出话，一阵悲伤袭上心头。以后的几天里，我的心情总是好不起来……赵大爷是我们儿童电影制片厂的勤杂工，也是长期临时工。一个一辈子没结过婚的单身汉。一个一辈子没有过家的人，只在农村有一个弟弟……

1988年底，我刚调到童影，接到女作家严亭亭的信，信中嘱我一定替她问赵大爷好。她在童影修改过剧本，赵大爷给她留下了非常善良的印象。

童影的人不分男女老少，都称他赵大爷。我自然也一向称他赵大爷。那时我的父亲还在世。有次我和他打招呼，他挺郑重地对我说："可不兴这么叫了，你老父亲比我大二十来岁，在老人家面前我算晚辈呢！"我说："那我该怎么称你啊？"他说："就叫我老赵吧！"我说："那你以后也不许叫我梁老师了。"他说："那我又该怎么称你啊？"我说："叫我小梁吧。"过后他仍称我"梁老师"，而我仍称他"赵大爷"。

儿子有次写作文，题目是《我最尊敬的一个人》。儿子问我："爸，谁值得我尊敬啊？"我说："怎么能没有值得你尊敬的人呢？你好好想！"儿子想了半天，终于说："赵大爷！"我问为什么。儿子说，赵大爷对工作最认真负责了，一年四季，每天早早起来，把咱们周围的环境打扫得干干净净。每年开春，赵大爷总给院里院外的月季花修枝、浇水。每年元旦、春节，人们晚上只管放鞭炮开心，而第二天一清早，赵大爷一个人默默地扫尽遍地纸屑。赵大爷总在为我们干活儿……

儿子那篇作文得了优。记得我曾想将儿子的作文给赵大爷看。为的是使他获得一份小小的愉悦，使他知道，一位像他那样默默地为大家尽职尽责服务的人，人们心里是会感激他的。起码，一个孩子在父亲的启发下，明白了他便是一个值得尊敬的人。可是后来我没有这么做，不是想法改变了，而是忘了。现在我好悔，赵大爷是该得到那样一份小小的愉悦的，在他生前。

赵大爷无疑是穷人中的一个。五年多以来，我从未见他穿过一件哪怕稍微新一点儿的衣服。我给过他一些衣服，棉的、单的、毛的，却不曾见他穿。想必是自己舍不得穿，捎回农村去了吧？他不但负责清除宿舍楼七个门洞的垃圾，还要负责清除厂里的垃圾。他干的活儿不少，并且是要天天干的。哪一天不干，宿舍区和厂区的环境都会大不一样。据我所知，他每月只拿一百五十元。在今天，每月只拿一百五十元，干他天天必干的那种脏活儿，而且干得认真负责、任劳任怨的人，恐怕是太难找了！

干完他应该干的活儿，他还经常帮人修自行车。他极愿帮助别人。据我所知，他大概是个完全没有文化的人。然而在我看来，他又是一个极其文明的人，一个极其文明的穷人。我从未见他跟谁吵过架，甚至从未见他和谁大声嚷嚷过。一些所谓有知识有文化的文明人，包括我这样的，心里稍不平衡，则国骂冲口而出。我却从未听到赵大爷口中吐出一个脏字。我完全相信，在别人高消费的比照下，穷是足以使人心灵晦暗的。然而在我看来，赵大爷的心灵是极其明澈的，似乎从没滋生过什么嫉仇或妒憎。他日复一日默默干他的活，月复一月挣他那一百五十元钱。从不窥测别人的生活，从不议论别人的日子。他从垃圾里捡出瓶子罐头盒、纸箱破鞋之类，积聚多了就卖，所得是他唯一的额外收入……

这使我养成了习惯，旧报废书，替他积聚。就在他去世前一天，我还想，又够卖点儿钱了，该拎给赵大爷了……

每逢年节，我都想着他，送包月饼，一盘饺子，一条鱼，一些水果什么的……

赵大爷，我心里是很尊敬你的啊！你穷，可是你善；你没文化，可是你文明；你虽与任何名利无缘，可是你那么的敬业，敬业于扫院子、清除垃圾那一份脏活儿……

你就那么默默地走了，使我觉得欠下了你许多……

好人赵大爷，穷人赵大爷，文明而善良的穷人赵大爷，干脏活而内心干净的赵大爷，穿破旧的衣服而受我及一家人敬爱的赵大爷，我们一家，和在传达室每日与你相处的老阿姨，将长久长久地缅怀你……

小垃圾女

我第一次见到她，是在元月下旬的一个日子，刮着五六级风。家居对面，元大都遗址上的高树矮树，皆低俯着它们光秃秃的树冠，表示对冬季之厉色的臣服。偏偏十点左右，商场来电话，通知安装抽油烟机的师傅往我家出发了……

前一天我就将旧的抽油烟机卸下来丢弃在楼口外了。它已为我家厨房服役十余年，油污得不成样子。我早就对它腻歪透了。一除去它，上下左右的油污彻底暴露，我得赶在安装师傅到来之前刮擦干净。洗涤灵去污粉之类难起作用，我想到了用湿抹布滚粘了沙子去污的办法。我在外边寻找到些沙子用小盆往回端时，见个十一二岁的女孩儿，站在铁栅栏旁。我丢弃的那台脏兮兮的抽油烟机，已被她弄到那儿。并且，一半已从栅栏底下弄到栅栏外；另一半，被突出的部分卡住。

女孩儿正使劲跺踏着。她穿得很单薄，衣服裤子旧而且小。脚上是一双夏天穿的扣绊布鞋，破袜子露脚面。两条齐肩小辫，用不同颜色的头绳扎着。她一看见我，立刻停止跺踏，双手攥一根栅栏，双脚蹬在栅栏的横条上，悠荡着身子，仿佛在那儿玩的样子。那儿少了一根铁栅，传达室的朱师傅用粗铁丝拦了几道。对于那女孩儿来说，钻进钻出仍是很容易的。分明，只要我使她感到害怕，她便会一下子钻出去逃之夭夭。而我为了不使她感到害怕，主动说："孩子，你是没法弄走它的呀！"——倘她由于害怕我仓皇钻出时刮破了衣服，甚或刮伤了哪儿，我内心里肯定会觉得不安的。

她却说："是一个叔叔给我的。"——又开始用她的一只小脚跺踏。

果真有什么"叔叔"给她的话，那么只能是我。我当然没有。

我说："是吗？"

她说："真的。"

我说："你可小心……"

我的话还没说完，她已弯下腰去，一手捂着脚腕了。

破裂了的塑料是很锋利的。

我说："唉，扎着了吧？你倒是要这么脏兮兮的东西干什么呢？"

她说："卖钱。"其声细小。说罢抬头望我，泪汪汪的。显然疼的。接着低头看自己捂着脚腕的小手，手掌心上染血了。

我端着半盆沙子，一时因我的明知故问和她小手上的血而呆在那儿。

她又说："我是穷人的女儿。"——其声更细小了。

　　她的话使我那么始料不及，我张张嘴，竟不知再说什么好。而商场派来的师傅到了，我只有引领他们回家。他们安装时，我翻出一片创可贴，去给那女孩儿，却见她蹲在那儿哭，脏兮兮的抽油烟机不见了。

　　我问哪儿去了？

　　她说被两个蹬手板车收破烂儿的大男人抢去了。说他们中一个跳过栅栏，一接一递，没费什么事儿就成他们的了……

　　我问能卖多少钱？她说十元都不止呢，哭得更伤心了。

　　我替她用创可贴护上了脚腕的伤口，又问："谁教你对人说你是穷人的女儿？"

　　她说："没人教，我本来就是。"

　　我不相信没人教她，但也不再问什么。

　　我将她带到家门口，给了她几件不久前清理的旧衣物。

　　她说："穷人的女儿谢谢您了叔叔。"我又始料不及，觉得脸上发烧。我兜里有些零钱，本打算掏出全给了她的。但一只手虽已插入兜里，却没往外掏。那女孩儿的眼，希冀地盯着我那只手和那衣兜。

　　我说："不用谢，去吧。"

　　她单肩背起小布包下楼时，我又说："过几天再来，我还有些书刊给你。"

　　听着她的脚步声消失在外边我才抽出手，不知不觉中竟出了一手的汗。我当时真不明白我是怎么了……

　　事实上我早已察觉到了那女孩儿对我的生活空间的"入侵"。那是一种诡秘的行径，但仅仅诡秘而已，绝不具有任何冒犯的意味，更不具有什么危险的性质。无非是些打算送给朱师傅去卖，暂且放在门外过道的旧物，每每再一出门就不翼而飞了。左邻右舍都曾说撞见过一个小小年纪的"女贼"在偷东西。我想，便是那"穷人的女儿"无疑了……

四五天后的一个早晨我去散步，刚出楼口又一眼看见了她。仍在第一次见到她的地方，她仍然悠荡着身子在玩儿似的。她也同时看见了我，语调亲昵地叫了声叔叔。而我，若未见她，已将她这一个穷人的女儿忘了。

我驻足问："你怎么又来了？"

她说："我在等您呀叔叔。"——语调中掺入了怯怯的、自感卑贱似的成分。

我说："等我？等我干什么？"

她说："您不是答应再给我些您家不要的东西么？"

我这才想起对她的许诺，搪塞地说："挺多呢，你也拎不动啊！"

"喏"——她朝一旁翘了翘下巴，一个小车就在她脚旁。说那是"车"，很牵强，只不过是一块带轮子的车底板。显然也是别人家扔的，被她捡了。

我问她，脚好了么？

她说还贴着创可贴呢，但已经不怎么疼了。之后，一双大眼瞪着我又强调地说："我都等了您几个早晨了。"

我说："女孩儿，你得知道，我家要处理的东西，一向都是给传达室朱师傅的。已经给了几年了。"——我的言下之意是，不能由于你改变了啊！

她那双大眼睛微微一眯，凝视我片刻说："他家里有个十八九岁的残疾女儿，你喜欢她是不是？"

我不禁笑着点了一下头。"那，一次给她家，一次给我，行不？"——她专执一念地对我进行说服。

我又笑了。我说："前几天刚给过你一次，再有不是该给她家了么？"

她眨眨眼说："那，你已经给她家几年了。也多轮我几次吧！"

我又想笑，却怎么也笑不起来了。心里一时地很觉酸楚，替眼前花蕾之龄的女孩儿，也替她那张能说会道的小嘴儿。

我终不忍令她太过失望，二次使她满足……

我第三次见到那女孩儿，日子已快临近春节了。我开口便道："这次可没什么东西打发你了。"女孩儿说："我不是来要东西的。"——她说从我给她的旧书刊中发现了一个信封，怕我找不到着急，所以接连两三天带在身上，要当面交我。那信封封着口，无字。我撕开一看，是稿费单及税单而已。

她问："很重要吧？"

我说："是的，很重要，谢谢你。"

她笑了："咱俩之间还谢什么。"

她那窃喜的模样，如同受到了庄严的表彰。而我却看出了破绽——封口处，留下了两个小小的脏手印儿。夹在书刊里寄给我的单据，从来是不封信封口的。

好一个狡黠的"穷人的女儿"啊！

她对我动的小心眼令我心疼她。

"看"——她将一只脚伸过栅栏，我发现她脚上已穿着双新的棉鞋了，摊儿上卖的那一种。并且，她一偏她的头，故意让我瞧见她的两只小辫已扎着红绫了。

我说："你今天真漂亮。"

她悠荡着身子说："我妈妈决定，今年春节我们不回老家了。"

"爸爸是干什么的？"

她略一愣，遂低下了头。

我正后悔自己不该问，她抬起头说："叔叔，初一早晨我会给您拜年。"

我说不必。

她说一定。

我说我也许会睡懒觉。

她说那她就等。说您不会初一整天不出家门的呀。说她连拜年的话都想好了："叔叔马年吉祥，恭喜发财！"

"叔叔我一定来给你拜年！"

说完，猛转身一蹦一跳地跑了。两只小辫上扎的红绫，像两只蝴蝶在她左右肩翻飞……

初一我起得很早。倒并不是因为和那"穷人的女儿"有个比较郑重的约会，而是由于三十儿夜晚看一本书看得失眠了。我是个越失眠反而越早起的人。却也不能说与那个比较郑重的约会毫无关系。其实我挺希望初一一大早走出家门，一眼看见一个一身簇新、手儿脸儿洗得干干净净、两条齐肩小辫扎得精精神神的小姑娘快活地大声给我拜年："叔叔马年吉祥，恭喜发财！"——尽管我不相信那真能给我带来什么财运……

　　一上午，我多次伫立窗口朝下望，却始终不见那"穷人的女儿"的小身影。

　　下午也是。

　　到今天为止，我再没见过她。

　　却时而想到她。每一想到，便不由得在内心默默祈祷：小姑娘，马年吉祥，恭喜发财！……

咪妮与巴特

我家所住的院子，临街有一处很大的门洞，终年被两扇对开的铁栅栏门封着。左边那一扇大门上，另有小门供人出入。但不论出者入者，须上下十来级台阶。小门旁，从早到晚有一名保安值勤，看去还是个半大孩子，一脸稚气未褪。

我第一次见到咪妮，是在去年夏天的一个中午；它"岿然不动"地蹲在小保安脚边，沐浴着阳光，漂亮得如同工艺品。它的脸是白色的；自额、眼以上，黄白相间的条纹布满全身。尾巴从后向前盘着，环住爪，看去只有两三个月大。一点儿也不怕人，显得挺孤傲的，大睁着一双仿佛永远宠辱不惊的眼，居高临下地、平静地望着街景。猫的平静，那才叫平静呢。

我问小保安："你养的？"

他说："我哪儿有心思养啊，是只小野猫。"

从楼里出来了一个背书包的女孩儿，她高兴地叫了声："咪妮！"——旋即俯身爱抚，边说："咪妮呀，好几天没见到你了。昨天夜里下那么大雨，你躲在哪儿啊？没挨淋吧？"

小野猫仍一动不动，只眯了眯眼，表示它对人的爱抚其实蛮享受的。

那女孩儿我熟识，她家和我家住同一楼层，上五年级了。

我问："你给它起的名字？"她"嗯"一声，从书包里取出小塑料袋，内装着些猫粮；接着将猫粮倒在咪妮跟前，看它斯文地吃。

我又问："既然这么喜欢，干吗不抱回家养着啊？"

她的表情顿时变得失意了，小声说："妈妈不许，怕影响我学习。""多漂亮的小猫呀，模样太可爱了！"——不经意间，有位女士也站住在台阶前了。

我和她也是认识的，她是某出版社的一位退休编辑，家住另一条街，常到这条街来买东西。

女孩儿立刻说："阿姨，那您把它抱回家养着吧！"

连小保安也忍不住说："您要是把它抱回家养着，我替它给您鞠一躬！这小猫可有良心了，谁喂过它一次，一叫，它就会过去。"

退休的女编辑为难地说："可我家已经有一只了呀，而且也是捡的小野猫。"

于是他们三个的目光一齐望向我，我亦为难地说："几个月前，我家也收养了一只小野猫。"

于是我们四个的目光一齐望向咪妮，它吃饱了，又蹲在小保安脚边，不动声色，神态超然地继续望街景。给我的感觉是，作为一只猫，它似乎懂得自己应该是有尊严的。只要自己时时刻刻不失尊严，那么它和人的关系就接近着平等了。确乎的，它一点儿都不自卑，因为它没被抛弃过……

而和它相比，巴特分明是极其自卑的。

巴特是一条流浪街头的小狐犬，大概一岁多一点儿。小狐犬是长不了太大的，它的体重估计也就七八斤，一只大公鸡也能长到那么重。它的双耳其实比狐耳大，却不如狐耳那么尖那么秀气；全身都是白色的，只有鼻子是褐色的。小狐犬的样子介于狐和犬之间，说不上是一种漂亮的狗。它招人喜欢的方面是它的聪明，它的善解人意。

我第一次见到它，是在离我们这个社区不太远的一条马路的天桥上。我过天桥时，它在天桥上蹿来蹿去，一忽儿从这一端奔下去，一忽儿从那一端奔上来，眼中充满慌恐，偶尔发出令人心疼的哀鸣。奔得精疲力竭了，才终于在天桥上卧下，浑身发抖地望着我和另一个男人；我俩已驻足看它多时了。那男人告诉我——他亲眼所见，一个女人也就是它的主人，趁它在前边撒欢儿，坐入一辆小汽车溜了……

尽管我对它心生怜悯，但一想到家里已经养着一只小野猫了，遂打消了要将它抱回家去的闪念。我试图抚摸抚摸它，那起码足以平复一下它的惶恐心理，不料刚接近一步，它迅速站起，跑下了天桥……

从那一天起，它成了附近街上的流浪狗。有一个雨天，我撑伞去邮局寄信，又见到了它。它当时的情况太糟了，瘦得皮包骨，腹部完全凹下去，分明多日没吃过什么了。白色的毛快变成灰色的毛了，左肩胛还粘着一片泥巴，我猜或是被自行车轮撞了一下，或是被什么人踢了一脚。它摇摇晃晃地过街，不顾泥不顾水的。邮局对面有家包子铺，几名民工在塑料棚下吃包子，它分明想到棚下去寻找点儿吃的。如果不是饿极了，小狐犬断不会向陌生人聚拢的地方凑去的。然而它连走到那里的气力也没有了，四腿一软，倒在水洼中。我赶紧上前将它抱起，否则它会被过往车辆压死。在我怀里，那小狗的身子抖个不停，比我在天桥上见到它那次抖得还剧烈。但凡有一点儿挣动之力，它是绝不会允许我抱它的。它眼中满是绝望。我去棚下买了一屉小包子给它吃——有我在眼前看着，它竟不敢吃。我将它放在一处安全的、不湿的地方，将装包子的塑料袋摊开在它嘴边，它却将头一偏。

一名民工朝我喊："嗨，你守在那儿，它是不会吃的！"

我起身离开数步，回头再看，它才狼吞虎咽地吃起来……

以后，只要我在街上看见它，总是要买点儿什么东西喂它。渐渐地，它对我比较地信任了。有次吃完，跟着我走，一直将我送到我们那个院子的台阶前。"巴特"是我对它的叫法，我小时候养过一只狗就叫"巴特"。

某日，我在台阶上喂咪妮，巴特出现了。它蹿上台阶，与咪妮争食猫粮，咪妮吓得躲开。

我说："巴特，不许抢，一块儿吃。你看，有很多，够你吃的！"

我的声音严厉了点儿，它居然退开，尽管很不情愿。并发出极低微的喉音，像小孩子委屈时的呢哝，扭头看我，眼神很困惑。当我将咪妮抱过来放在猫粮旁，巴特的头转向了一旁。那一时刻，这无家可归的可怜的流浪狗，表现出了一种令我肃然起敬的良好的教养，一种对于一条饥饿的小狗来说实在难能可贵的绅士风度。多好的小狗啊！我不禁想，这么听话这么乖的一条小狗，它的主人怎么就忍心将它抛弃了呢?

我抚摸了它一下,又用温柔的语调说:"不是不允许你吃,是希望你谦让点儿。吃吧吃吧,你也吃吧!"

它这才又将嘴巴伸向了猫粮。

两个小家伙吃饱以后,并没马上分开,而是互相端详,试探地接近对方。当彼此都接受了,咪妮卧在小保安脚边,一下一下舔自己的毛。巴特却不安分,绕着咪妮转,不停地嗅它,还不时用头拱它一下。而咪妮并不想和巴特闹,不理睬巴特的挑逗,闭上了眼睛。巴特倒也识趣,停止骚扰,也在咪妮身旁卧下。不一会儿,两个小家伙都睡着了,咪妮将下颏搁在巴特背上,睡相尤其可爱。

小保安苦笑道:"看,我好像成了专在这儿保护它俩的人了!"

傍晚,我碰到了那个经常喂咪妮的女孩儿,她在门洞里玩滑板。

她停住滑板,问我:"伯伯,你猜它俩躲到哪儿去了?"

我反问:"谁俩呀?"

她说:"咪妮和巴特呀,保安叔叔告诉我,你叫那条小流浪狗巴特,我喜欢你给它起的名字。"

我说:"我也喜欢你给那只小野猫起的名字。"

"你猜它俩躲哪儿去了?"

我摇头。

"我知道,您想不想去看?"

我犹豫一下,点了点头。

在我们那个院子最里边,有一处休闲之地。草坪上,曲折地架起尺许高的木板踏道。在两段木板的转角,女孩儿蹲了下去。

她说："它俩在木板底下呢。"

仅仅蹲着并不能看到木板底下。

女孩儿又说："您得学我这样。"

我便学她那样，将头偏向一旁，并低垂下去，于是看到——咪妮和巴特，正在一块纸板上嬉闹。

女孩儿说："纸板是我为它俩放在那儿的。"

两个小家伙发现我和女孩儿在看它们，停止嬉闹，先后钻出，跟我和女孩儿亲热了一阵，复钻入木板底下，继续伴斗。

看着一条被抛弃的、心理创伤很深的流浪小狗与一只孤独然而高傲的小野猫成了一对好朋友，我心温暖。比之于人的社会，那一时刻，我忽然觉得，小猫小狗之间建立友爱，则要容易多了。我从那尺许高的木板之下，看到了令我感动并感慨的图景。

自那一天起，两个小家伙形影不离。它们有了一个共同的家，便是那木板踏道的底下。看着它们在一起，高兴的人多了，喂它们东西吃的人也多了。小保安不知从哪儿捡了两个旧沙发垫塞到了木板下，还有人将一大块旧地板革铺在踏道上，防止雨漏下去。两个小家伙相依相偎地睡在"家"里了。据女孩儿说，咪妮睡时，仍将头枕在巴特背上，似乎那样它才睡得舒服，睡得安全……

偶尔，它俩也会跑下台阶，穿过街道，在对面的小铺子间蹓蹓逛逛的。大概它们以为，人都是善良的。而街对面那些开小铺面的外地人，以及他们的孩子，确实都挺善待它们。看到家养的小猫小狗在一起是一回事，看到一条小流浪狗和一只小野猫形影不离是另外一回事：咪妮和巴特，使那一条街上的许多大人和孩子的心，都因它们而变得柔软了。

我出差了数日，返京第二天中午，艳阳高照，然而暑热已过，天气好得令人心旷神怡。吃罢午饭，我带足猫粮狗粮，去到了门洞那儿。

却不见咪妮和巴特。

小保安说："都死了……"

我一愕。

他告诉我——一天下午，咪妮和巴特又跑到街对面去了；偏巧街对面停着一辆"宝马"，车窗摇下一边，内坐一妖艳女郎，怀抱一狮子狗。那狗一发现咪妮和巴特，凶吠不止。咪妮和巴特便迅速跑回台阶上，蹲在小保安脚边。那女郎没抱紧狮子狗，狮子狗从车窗蹿了出去，追到了台阶上。咪妮野性一发，挠了狮子狗一爪子；女郎赶到，见她的狮子狗鼻梁上有了道血痕，说是破了她那高贵的狗的狗相，非要打死咪妮不可。小保安及时抱起咪妮，说咪妮不过是一只小野猫，有身份的人何必跟一只小野猫计较？而这时，巴特和那狮子狗，已扑咬作一团。女郎尖叫锐喊，从花店中闯出一彪形大汉，奔上台阶，看准了，狠狠一脚，将小巴特踢得凌空飞起，重重地摔在水泥街面上。咪妮挣脱小保安的怀抱，转身逃入院中。那女郎踏下台阶，也对奄奄一息的巴特狠踢几脚。一切发生在不到一分钟内，等人们围向巴特，"宝马"已开走了……

我听得目瞪口呆，良久才问了一句话是："那，那咪妮呢？……"

"也死了……躲在木板底下，三天不出来，三天不吃东西……怎么叫它也不出来，喂它什么都不吃……活活渴饿死的……我和几个小朋友把它和巴特埋在一块儿了……"

　　我一转身,见说完话的女孩儿,无声地哭。

　　我,将手伸入了衣兜。无话可说之时,我便只有吸烟。

　　我三口五口就吸完了一支烟。

　　何以解恨?唯有香烟。

　　唯有香烟……

　　翌日,我终于想好了我要说些什么——在课堂上,在讨论一部爱情电影时,我对我的学生们说:"那种对猫狗也要分出高低贵贱的女人,万勿娶其为妻!那种对小猫小狗心狠意歹的男人,你们女同学记住,不要嫁给他们!……"

　　其实我还想说:这处处呈现出冰冷的、病态的、麻木的、凶暴的现实啊,还有救吗?

　　然我自知,这么悲观的话,是不该对学生们说的……

老 妪

　　那一个老妪是一个卖茶蛋的老妪。在十二月的一个冷天。在北京龙庆峡附近。儿子需作一篇"游记"，我带他到那儿"体验生活"。

　　卖茶蛋的皆乡村女孩儿和年轻妇女。就那么一个老妪，跻身她们中间，并不起劲儿地招徕。偶发一声叫卖，嗓音是沙哑的。所以她的生意就冷清。茶蛋都是煮的。老妪锅里的蛋未见得比别人锅里的小。我不太能明白男人们为什么连买茶蛋还要物色女主人。

　　老妪似乎自甘冷清，低着头，拨弄煮锅里的蛋。时时抬头，目光睃向眼前行人，仿佛也只不过因为不能总低着头。目光里绝无半点儿乞意。

　　我出于一时的不平，一时的体恤，一时的怜悯，向她买了几个茶蛋。活在好人边儿上的人，大抵内心会生发这种一时的小善良，并且总克制不了这一种自我表现的冲动。表现了，自信自己仍立足在好人边上，便获得一种自慰和证明了什么的安泰感和满足感……

老妪应找我两毛钱，我则扯着儿子转身便走，佯装没有算清小账。儿子边走边说："爸，她少找咱们两毛钱。"我说："知道。但是咱们不要了。大冷的天她卖一只茶蛋挣不了几个钱，怪不易的……"于是我向儿子讲，什么叫同情心，人为什么应有同情心，以及同情心是一种怎样的美德等等……两个多小时后，我和儿子从公园出来，被人叫住——竟是那老妪，袖着双手，缩着瘦颈，身子冷得佝偻着。"这个人，"她说，"你刚才买我的茶蛋，我还没找你钱，一转眼，你不见了……"

老妪一只手从袖筒里抽出，干枯的一只老手，递向我两毛钱，皱巴巴的两毛钱……儿子仰脸看我。我不得不接了钱。我不知自己当时对她说了句什么……而公园的守门人对我说："人家老太太，为了你这两毛钱，站我旁边等了那么半天……"

我和儿子又经过卖茶蛋的摊行时，见一老叟，守着她那煮锅。如老妪一样，低着头，摆弄煮锅里的蛋。偶发一声叫卖，嗓音同样是沙哑的。目光偶向眼前行人一睃，也只不过是任意的一睃，绝无半点儿乞意。比别人，生意依旧冷清……

人心的尊贵，一旦近乎本能的，我们也就只有为之肃然了。我觉得我的类同施舍的行径，对于老妪，实在是很猥琐的……

清　名

████████　倘非子诚的缘故，我断不会识得徐阿婆的。

子诚是我的学生，然细说么，也不过算是罢。有段时期，我在北京语言大学开"写作与欣赏"课，别的大学的学子，也有来听的；子诚便是其中的一个。他爱写散文，偶作诗，每请我看。而我，也每在课上点评之。由是，关系近好。

子诚的家，在西南某山区的茶村，小。他已于去年本科毕业，当了京郊一名"村官"。今年清明后，他有几天假，约我去他的老家玩。我总听他说那里风光旖旎，禁不住动员，成行。

斯时茶村，远近山廓，美轮多姿。树、竹、茶垄，浑然而不失层次，绿如滴翠。

翌日傍晚，我见到了徐阿婆。

那会儿茶农们都背着竹篓或拎着塑料袋子前往茶站交茶。大叶茶装在竹篓，一元一斤；芽茶装在塑料袋里，二十元一斤。一路皆五六十岁男女，络绎不绝。七十岁以上长者约半数，中年男子或妇女，委实不多。尽管勤劳地采茶，好手一年是可以挣下五六千元的，但年轻人还是更愿到大城市去打工。

子诚与一老妪驻足交谈。我见那老妪，一米六七八的个子，腰板挺直，满头白发，不矜而庄。

老妪离后，我问子诚她的岁数。

"八十三了。"

"八十三还采茶?!"

我不禁向那老妪背影望去，敬意油然而生。

子诚告诉我——解放前，老人家是出了名的美人儿。及嫁龄，镇上乃至县里的富户争娶，或为儿子，或欲纳妾；皆拒，嫁给了镇上一名小学教师。后来，丈夫回村务农。然知识化了的男人，比不上普通农民那么能耐得住山村的寂寞生活，每年清明前，换长衫游走于各村"说春"。当年当地，农村人都是文盲，连黄历也看不懂的。她丈夫有超强记忆，一部黄历倒背如流。"说春"就是按照黄历的记载，预告一些节气与所谓凶吉日的关系而已。但一般告诉，则不能算是"说春"。"说春人"之"说春"，基本上是以唱代说。不仅要记忆好，还要嗓子好。她的丈夫嗓子也好。还有另一本事，便是脱口成秀。"说"得兴浓，别人随意指点什么，竟能就什么唱出一套套合辙押韵的掌故来，百指而难不倒，像是现今的 RAP 歌手。于是，使人们开心之余，自己也获得一碗小米。在人们，那是享受了娱乐的回报。在他自己，是一种个人价值体现的满足。所谓与人乐，其乐无穷。不久农村开展"破除迷信"运动，原本皆大开心之事，遂成罪过。丈夫进了学习班，"说春人娘子"一急之下，将他们的家卖到了仅剩自己穿着的一身衣服的地步，买了两袋小米，用竹篓一袋袋背着，挨家挨户一碗碗地还。乡亲们过意不去，都批评她未免太过认真。她却说——我丈夫是"学知人"，我是"学知人"的妻子。对我们，清名重要。若失清名，家便也没什么要紧了。理解我的，就请都将小米收回了吧！……

工作组长了解到那一情况，愕然，继而肃然。对其丈夫谆谆教诲了几句，亲自送回家，并对当年的阿婆好言安抚……

我问："现在她家状况如何？为什么还让八十三岁的老人家采茶卖茶呢？"

子诚说："阿婆得子晚，六十几岁时，三十几岁的独生儿子病故了。媳妇改嫁，带着孙子远走高飞，早已断了音讯。从那以后，她一直一个人过活。七八年前，将名下分的一亩多茶地也退给村里了……"

"这么大岁数，又是孤独一人，连地都没了，可怎么活呢？"

"县里有政策，要求县镇两级领导班子的干部，每人认养一位老村的鳏寡孤独高龄老人，保障后者们的一般生活需求，同时两级政府给予一定补贴……"

我不禁感慨："多好的举措……"

不料子诚却说："办法是很好，多数干部也算做得比较负责任。只是，阿婆的命太不好，偏偏承担保障她生活责任的县里的一副县长，明面是爱民的典范，背地里贪污受贿，酒色财赌黑，五毒俱全，原来不是个东西，三年前被判了重刑……"

我一时失语，良久才问出一句话是："黑指什么？"

"就是黑恶势力呀。"

我又失语，不想再问什么，只默默听子诚在说："阿婆知道后，竟连自己的名誉也受了玷污，一下子病倒了。病好后，她开始替茶地多的人家采茶，一天采了多少斤，按当日茶价的五五分成。老人家眼力不济了，手指也没了准头，根本采不了芽茶了，只能采大叶茶了，早出晚归，平均下来，一天也就只能挣到五六元钱而已。她一心想要用自己挣的钱，把那副县长助济她的钱给退还清了……"

"可……这……难道就没有人认为应该告诉老人家，她完全不必那样做吗？……"

方才仿佛被割掉了舌的我，终于又能说出话来。而且，说得激动。

"许多人都这么劝过的，可老人家她听不进去啊。"

子诚的话，却说得异常平静。

不待我再说什么，问什么，子诚的一句话，使我顿时又失语了。

他说："今年年初，老人家患了癌症。"

我，极愕。

"几乎村里所有人都知道了。她自己也知道了。不过，她装作自己一点儿也不知道的样子，就靠自己腌的咸菜，每日喝三四碗糙米粥，仍然早出晚归地采大叶茶。有人说，那是因为她岁数大脏器都老化了，所以不觉得多么疼了……他们的说法有道理么？……"

"我……不太清楚……"

我的确不太清楚。

我心愀然。

进而，怆然。

那天晚上，我要求子诚转告老人家，有人愿意替她退还尚未"还"清的一千二三百元钱。

子诚说："转告也是白转告……"我恼了，训道："明天，你必须那么对她说！"

第二天，还是傍晚时，我站在村道旁，望着子诚和老人家说话。才一两分钟后，他二人的谈话便结束了。老人背着竹篓，尽量，不，是竭力挺直身板，从我眼前默默走过。

子诚也沮丧地走到了我跟前，嗫嚅道："我就料到根本没用的嘛……"

"我要听的是她的原话！"

"她说，谢了。还说，人的一生，好比流水。可以干，不可以浊……"

我不仅失语，竟至于，羞愧了。

……

以后几日的傍晚，我一再看见徐阿婆往返于送茶路上，背着编补过的竹篓，竭力挺直单薄的身板。然而其步态，是那么蹒跚，使我联想到衰老又顽强的朝圣者，去向我所不晓得的什么圣地。有一天傍晚下雨，她戴顶破了边沿的草帽，用塑料罩住竹篓，却任雨淋湿衣服……

那曾经的草根族群中的美女；那八十三岁的，身患癌症的，竭力挺直身板的茶村老妪，又使我联想到古代的，镇定地赴往生命末端的独行侠……

似乎，我倾听到了那老妪的心音：清名、清名……

反反复复，二字而已。

不久前，子诚从他当"村官"的那个村子打来电话，告诉我徐阿婆死了。

"她，那个……我的意思是……明白我在问什么吗？……"

我这个一向要求学生对人说话起码表意明白的教师，那一时刻语无伦次。

"听家里人说，她死前几天才还清那笔钱……老人家认真到极点，还央求村支书为她从县里请去了一名公证员……现在，有关方面都因为那一笔钱而尴尬……"

我不复能说出话来，也不知自己什么时候放下电话的。想到我和子诚口中，都分明地说过"还"这个字，顿觉对那看重自己清名的老人家，无疑已构成了人格的侮辱。

清名、清名……

这不实惠反而累人自讨苦吃的"东西"呀，难怪今人都避得远远的，唯恐沾上了它！

我之羞惭，因我亦如此……

老水车旁的风景

■■■■■■　其实，那水车一点儿都不老。

它是一处旅游地最显眼的标志，旅游地原本是一个村子。两年前，这地方被房地产开发商发现并相中，于是在盖别墅和豪宅的同时，捎带着将这里开发成了旅游景点，使之成了小型的周庄。

在双休日或节假日，城里人络绎不绝地驾车来到这里。吃喝玩乐，纵情欢娱。于是这里有了算命的、画像的、兜售古玩的；也有了陪酒女、陪游女、卖唱女、按摩女，皆姿容姣好的农家少女。她们终日里耳濡目染，思想迅速地商业化着。

城里人成群结队地到来的时候，必会看到，在那水车旁有一老妪和一少女。老妪七十有几，少女才十六七岁，皆着清朝裳。老妪形容枯瘦憔悴；少女人面桃花，目如秋水，顾盼之际，道是无情却有情。老妪纺线，少女刺绣，成为水车的陪衬，景观中的风景。她们都是景区花钱雇了在那儿摆样给观光客们看的，收入微薄。幸而，若有观光客与她们照相，或可得些小费。老妪是村里的一位孤寡老人，在村里有一间半祖宅。村子受益于旅游业，有了些公款，每月亦给她五十元。老妪是以感激旅游业，对自己能有那样一种营生，甚为满足，终日笑眯眯的。少女是从外地流落到这儿的，像寻蜜的蜂儿一样被这旅游地的兴旺发达吸引来的。她的家在哪里，家境如何，身世怎样，没人知道。曾有好奇的村人问过，少女讳莫如深，每每三缄其口，是以渐无问者。当地人对于外地人，免不了有点儿欺生。可像她那么一个十六七岁的女孩，讨生活的方式并不危害任何当地人的利益，虽然明明是外省人，便借故欺她，却是不忍心的。不忍相欺归不忍相欺，但对于那来历不明的小姑娘，当地人内心还是有些犯嘀咕。会不会是个小女贼，待人们放松了警惕，待她摸清了各家的情况，抓住对她有利的机会，逐门逐户偷盗个遍，然后逃得无影无踪。据他们所知，省内别的景区发生过这样的事，祸害了当地人的也是个姑娘。只不过是个二十几岁的大姑娘，只不过没有亲自偷盗，而是充当一个偷盗团伙的眼线。那么，她背后也有一个偷盗团伙吗？人们相互提醒着。随后，她的行动，便被置于许多双有责任感的眼睛的监视之下。但她一如既往地对人们有礼貌，还特别感激当地人收留她。难道因为她才十六七岁，还太单纯，看不出别人对她的警惕吗？这么小年龄的女孩儿走南闯北，会单纯才怪！那么，必是伪装的了。于是，在当地人看来，小女孩还很狡猾……

只有老妪觉得她是个好女孩儿。

她们成为"同事"几天以后，老妪曾问少女住在哪儿，少女说住在一家饭店的危房里，每天五元钱，晚上还得帮着干两个多小时的活。饭店里有老鼠，她最怕老鼠。"就是每月一百五十元，也花去了我半个来月的工资，还得看主人两口子的眼色……"

少女说得泪汪汪的。

"闺女，住我家吧。我那儿就我一个人，我也喜欢有你这么个伴儿，不会给你气受。"

老妪说得很诚恳。

少女没想到老妪会那么说，正犹豫着该怎么回答，老妪又说："我一分钱不收你的。"

……

于是，少女作为老妪所希望的一个伴儿，住到了老妪家里。

于是，少女脸上笑容多了，喜欢和她一块儿照相的观光客多了，小费也多了。最多时，每天能收到五十元。

老妪脸上的皱纹少了。熟悉她那张老面孔的人，发现她脸上几条最深的褶子变浅了，有要舒展开来的迹象了。她脑后的抓髻也好看了，不像以前那么歪歪扭扭的了。她的指甲不再长而不剪，指甲缝也不再黑黢黢的了。她那身"行头"，显然洗得勤了。她的好心情让她的小费也多起来了。

有好心人提醒她："你让那小人精住你那儿去了？千万防着点儿，万一你那点钱被她偷了，临走连件寿衣都穿不上……"

老妪不爱听那样的话。

她说："走？往哪儿走？人家孩子比我多的钱放那儿都不避我，我那么点儿钱，防人家干吗？"

她爱听少女的话。

少女常对她说："奶奶，尽量想高兴的事儿，那样您准能活一百多岁。"

经历了二十几年孑然一身、形影相吊的孤寡生活以后，忽然有了一个朝夕相处的小女伴儿，老妪返老还童了似的。有时，一老一少对面坐着，各点各的钱，还相互换零凑整的……

然而有天老妪忽然失明，接着咯血了。村里不得不派人把她送到县医院，一诊断是癌症，早扩散了。那么老的人了，是农村人，还是个孤寡老人，也只有回家挨着。

村里负责的人就对少女说："她都这样了，你搬走吧，爱住哪儿住哪儿去吧。"

少女哭着说："我不搬走。奶奶对我好，我要服侍服侍她……"

非亲非故，来历不明，还口口声声"奶奶，奶奶"叫得挺亲，就是不搬走，图什么呢？

村里负责的人想到了老妪的一间半祖屋。

这个小人精，不图房子，还图什么？

于是，在老妪状态稍好的某日，村里负责的人带着一男一女来了老妪家里，他介绍那男的是县公证处的，女的是位律师。他开门见山地对老妪说，她应该在临死前做出决定，将一间半祖屋留给村里。那屋子是可以改装成门面房的，稍加改装以后，或卖或租，钱数都很可观。

老妪说："行啊！"村里负责的人又说："那你就在这张纸上按个手印吧！"

老妪不高兴了："我觉得，我一时死不了。"村里负责的人急了："所以趁你还明白，才让你按手印嘛！"

老妪就不理他们三个男女，把身子一转，背朝他们了……

村里负责的人没主意了，找来另外几个有主意的人商议，他们都认为老妪完全有可能被那外省的小妖精迷惑了，已经按手印留下了什么遗嘱，把一间半祖屋"赠给"那小妖精了……

口口相传，几个人所担心的事情，一夜之间，仿佛成了确凿之事。是可忍，孰不可忍？岂能让不相干的人占了便宜？

于是全村男女老少同仇敌忾起来。

没人愿意去照顾那糊涂的老妪了……

少女就连她那份儿工作也不能干了……

村里人们的心，暗中扭成了一股劲儿——你不是哭着闹着要服侍吗？你一个人好好服侍吧！服侍得再好也是枉费心机，企图占房子？法庭上见吧！

十几天后，老妪走了。老妪攒下的钱不够发送自己，少女为她买了一套寿衣……

又过了几天，那少女也消失了，没跟村里任何人告别，也没留下封信……

村里负责的人竟不知拿老妪那一间半祖屋怎么办才好了。景区内的门面房是在涨价。但他不敢自作主张改造、装修或租或售，因为他怕有一天少女突然出现，手里拿一份什么证明，使村里损失了改造费或装修费，甚至落个非法出售或出租的罪名……

那景区至今依然游人如织。

那水车至今还在日夜转动。

那一间半老屋子，至今还闲置着，越发破败了。再不改造和装修，不久就会倒塌……

玻璃匠和他的儿子

　　二十世纪八十年代以前，城市里每能见到一类游走匠人——他们背着一个简陋的木架走街串巷；架子上分格装着些尺寸不等、厚薄不同的玻璃。他们一边走一边招徕生意："镶——窗户！……镶——镜框！……镶——相框！……"

　　他们被叫做"玻璃匠"。

　　有时，人们甚至直接这么叫他们："哎，镶玻璃的！"

　　他们一旦被叫住，就有点儿钱可挣了。或一角，或几角。总之，除了成本，也就是一块玻璃的原价。他们一次所挣的钱，绝不会超过几角去。一次能挣五角钱的活，那就是"大活儿"了。他们一个月遇不上几次大活儿的。一年四季，他们风里来雨里去，冒酷暑，顶严寒，为的是一家人的生活。他们大抵是些由于这样或那样的原因而被拒在"国营"体制以外的人。按今天的说法，是些当年"自谋生路"

的人。有玻璃匠的年代，城市百姓的日子都过得很拮据，也特别仔细。不论窗玻璃裂碎了，还是相框玻璃或镜子裂碎了，那大块儿的，是舍不得扔的，专等玻璃匠来了，给切割一番，拼对一番。要知道，那是连破了一只瓷盆都舍不得扔，专等铜匠来了给锔上的穷困年代啊！……

玻璃匠开始切割玻璃时，每每吸引不少好奇的孩子围观。孩子们的好奇心，主要是由玻璃匠那一把玻璃刀引起的。玻璃刀本身当然不是玻璃的。玻璃刀看上去都是样子差不了哪儿去的刃具，像临帖的毛笔。刀头一般长方而扁，其上固定着极小极小的一粒钻石。玻璃刀之所以能切割玻璃，完全靠那一粒钻石。没有了那一粒小之又小的钻石，一把玻璃刀便一钱不值了。玻璃匠也就只得改行，除非他再买一把玻璃刀。而从前一把玻璃刀一百几十元，相当于一辆新自行车的价格，对于靠镶玻璃养家糊口的人，谈何容易！并且，也极难买到。因为在从前，在中国，钻石本身太稀缺了。所以，从前中国的玻璃匠们，用的几乎全是从前的从前也即解放前的玻璃刀，大抵是外国货。解放前的中国还造不出玻璃刀来。将一粒小之又小的钻石固定在铜或钢的刀头上，是一种特殊的工艺。可想而知，玻璃匠们是多么爱惜他们的玻璃刀！与侠客们对自己的兵器的爱惜程度相比，也是不算夸张的。每一位玻璃匠都一定为他们的玻璃刀做了套子，像从前的中学女生每为自己心爱的钢笔织一个笔套。有的玻璃匠，甚至为他们的玻璃刀做了双层的套子。一层保护刀头，另一层连刀身都套进去，再用一条链子系在内衣兜里，像系着一块宝贵的怀表似的。当他们从套中抽出玻璃刀，好奇的孩子们就将一双双眼睛瞪大了。玻璃刀贴着尺在玻璃上轻轻一划，随之出现一道纹，再经玻璃匠的双手有把握地一掰，玻璃就沿纹齐整地分开了，在孩子们看来那是不可思议的……

我的一位中年朋友的父亲，便是从前年代的一名玻璃匠。他的父亲有一把德国造的玻璃刀。那把玻璃刀上的钻石，比许多玻璃刀上的钻石都大，约半个芝麻粒儿那么大。它对于他的父亲和他一家，意味着什么不必细说。

有次，我这一位朋友在我家里望着我父亲的遗像，聊起了自己曾是玻璃匠的父亲，聊起了他父亲那一把视如宝物的玻璃刀。我听他娓娓道来，心中感慨万千：

他说他父亲一向身体不好，脾气也不好。他十岁那一年，他母亲去世了，从此他父亲的脾气就更不好了。而他是长子，下边有一个弟弟一个妹妹。父亲一发脾气，他就首先成了出气筒。年纪小小的他，和父亲的关系越来越紧张，也越来越冷漠。他认为他的父亲一点儿也不关爱他和弟弟妹妹。他暗想，自己因而也有理由不爱父亲。他承认，少年时的他，心里竟有点儿恨自己的父亲……

有一年夏季，父亲回老家去办理祖父的丧事。父亲临走，指着一个小木匣严厉地说："谁也不许动那里边的东西！"——他知道父亲的话主要是说给他听的，同时猜到，父亲的玻璃刀放在那个小木匣里了。但他毕竟是个孩子啊！别的孩子感兴趣的东西，他也免不了会对之发生好奇心的呀！何况那东西是自己家里的，就放在一个没有锁的、普普通通的小木匣里！于是父亲走后的第二天他打开了那小木匣，父亲的玻璃刀果然在内。但他只不过将玻璃刀从双层的绒布的套子里抽出来欣赏一番，比画几下而已。他以为他的好奇心会就此满足。却没有。第三天他又将玻璃刀拿在手中，好奇心更大了。找到块碎玻璃试着在上边划了一下，一掰，碎玻璃分为两半，他就觉得更好玩了。以后的几天里，他也成了一名小玻璃匠，用东捡西拾的碎玻璃，为同学们切割出了一些玻璃的直尺和三角尺，大受欢迎。然而最后一次，那把玻璃刀没能从玻璃上划出纹来，仔细一看，刀头上的钻石不见了！他这一惊非同小可，心里毛了，手也被玻璃割破了。他怎么也没想到，使用不得法，刀头上那粒小之又小的钻石，是会被弄掉的。他完全搞不清楚是什么时候掉的，可能掉在哪儿了。就算清楚，又哪里会找得到呢？就算找到了，凭他，又如何安到刀头上去呢？他对我说，那是他人生中所面临的第一次重大事件。甚至，是唯一的一次重大事件。以后他所面临过的某些烦恼之事的性质，都不及当年那一件事严峻。他当时可以说是吓傻了……由于恐惧，那一天夜里，他想出了一个卑劣的方法——第二天他向同学借了一把小镊子。将一小块碎玻璃在石块上仔仔细细捣得粉碎，夹起半个芝麻粒儿那么小的一个玻璃碴儿，用胶水粘在玻璃刀的刀头上了。那一年是 1972 年，他十四岁……

　　三十余年后，在我家里，想到他的父亲时，他一边回忆一边对我说："当年，我并不觉得我的办法卑劣。甚至，还觉得挺高明。我希望父亲发现玻璃刀上的钻石粒儿掉了时，以为是他自己使用不慎弄掉的。那么小的东西，一旦掉了，满地哪儿去找呢？即使找不到，哪怕怀疑是我搞坏的，也没有什么根据。只能是怀疑啊！……"

　　他的父亲回到家里后，吃饭时见他手上缠着布条，问他手指怎么了？他搪塞地回答，生火时不小心被烫了一下。父亲没再多问他什么。

翌日，父亲一早背着玻璃箱出门挣钱去，才一个多小时后就回来了。脸上阴云密布。他和他的弟弟妹妹吓得大气儿都不敢出一口。然而父亲并没问玻璃刀的事，只不过仰躺在床上，闷声不响地接连吸烟……

下午，父亲将他和弟弟妹妹叫到跟前，依然阴沉着脸但却语调平静地说："镶玻璃这种营生是越来越不好干了。哪儿哪儿都停产，连玻璃厂都不生产玻璃了。玻璃匠买不到玻璃，给别人家镶什么呢？我要把那玻璃箱连同剩下的几块玻璃都卖了。我以后不做玻璃匠了，我得另找一种活儿挣钱养活你们……"

他的父亲说完，真的背起玻璃箱出门卖去了……

以后，他的父亲就不再是一个靠手艺挣钱的男人了，而是一个靠力气挣钱养活自己儿女的男人了。他说，以后他的父亲做过临时搬运工，做过临时仓库看守员，还做过公共浴堂的临时搓澡人；居然还放弃一个中年男人的自尊，正正式式地拜师为徒，在公共浴堂里学过修脚……

而且，他父亲的暴脾气，不知为什么竟一天天变好了，不管在外边受了多大委屈和欺辱，再也没回到家里冲他和弟弟妹妹宣泄过。那当父亲的，对于自己的儿女们，也很懂得问饥问寒地关爱着了。这一点一直是他和弟弟妹妹们心中的一个谜，虽然都不免奇怪，却并没有哪一个当面问过他们的父亲。

到了我的朋友三十四岁那一年也就是九十年代初，他的父亲因积劳成疾，才六十多岁就患了绝症。在医院里，在曾做过玻璃匠的父亲的生命之烛快燃尽的日子里，我的朋友对他的父亲孝敬倍增。那时，他们父子的关系已变得非常深厚了。一天，趁父亲精神还可以，儿子终于向父亲承认，二十几年前，父亲那一把宝贵的玻璃刀是自己弄坏的，也坦白了自己当时那一种卑劣的想法……

不料他父亲说："当年我就断定是你小子弄坏的！"

儿子惊讶了："为什么父亲？难道你从地上找到了……那么小那么小的东西啊，怎么可能呢？"

他的老父亲微微一笑，语调幽默地说："你以为你那种法子高明啊？你以为你爸就那么容易受骗呀？你又哪里会知道，我每次给人家割玻璃时，总是习惯用大拇指抹抹刀头。那天，我一抹，你粘在刀头上的玻璃碴子，扎进我大拇指肚里去了。我只得把揣进自己兜里的五角钱又掏出来退给人家了。我当时那种难堪的样子就别提了，好些个大人孩子围着我看呢！儿子你就不想想，你那么做，不是等于要成心当众出你爸爸的洋相么？……"

儿子愣了愣，低声又问："那你，当年怎么没暴打我一顿？"

他那老父亲注视着他，目光一时变得极为温柔，语调缓慢地说："当年，我是那么想来着。恨不得几步就走回家里，见着你，掀翻就打。可走着走着，似乎有谁在我耳边对我说，你这个当爸的男人啊，你怪谁呢？你的儿子弄坏了你的东西不敢对你说，还不是因为你平日对他太凶么？你如果平日使他感到你对于他是最可亲爱的一个人，他至于那么做吗？一个十四岁的孩子，那么做成是容易的吗？换成大人也不容易啊！不信你回家试试，看你自己把玻璃捣得那么碎，再把那么小那么小的玻璃碴粘在金属上容易不容易？你儿子的做法，是怕你怕的呀！……

　　我走着走着，我就流泪了。那一天，是我当父亲以来，第一次知道心疼孩子。以前呢，我的心都被穷日子累糙了，顾不上关怀自己的孩子们了……"

　　"那，爸你也不是因为镶玻璃的活儿不好干了才……""唉，儿子你这话问的！这还用问么？……"我的朋友，一个三十五六岁的儿子，伏在他老父亲身上，无声地哭了。几天后，那父亲在他的两个儿子一个女儿的守护之下，安详而逝……我的朋友对我讲述完了，我和他不约而同地吸起烟来，长久无话。那时，夕照洒进屋里，洒了一地，洒了一墙。我老父亲的遗像，沐浴着夕照，他在对我微笑。他也曾是一位脾气很大的父亲，也曾使我们当儿女的都很惧怕。可是从某一年开始，他忽然判若两人，变成了一位性情温良的父亲。

　　我望着父亲的遗像，陷入默默的回忆——在我们几个儿女和我们的老父亲之间，想必也曾发生过类似的事吧？那究竟是一件什么事呢？——可我却没有我的朋友那么幸运，至今也不知道。而且，也不可能知道了，将永远是一个谜了……

我和橘皮的往事

多少年过去了，那张清瘦而严厉的、戴六百度黑边近视镜的女人的脸，仍时时浮现在我眼前，她就是我小学四年级的班主任老师。想起她，也就使我想起了一些关于橘皮的往事……

其实，校办工厂并非是今天的新事物。当年我的小学母校就有校办工厂，不过规模很小罢了。专从民间收集橘皮，烘干了，碾成粉，送到药厂去，所得加工费，用以补充学校的教学经费。

有一天，轮到我和我们班的几名同学，去那小厂房里义务劳动。一名同学问指派我们干活的师傅，橘皮究竟可以治哪几种病？师傅就告诉我们，可以治什么病，尤其对平喘和减缓支气管炎有良效。

我听了暗暗记在心里。我的母亲，每年冬季都为支气管炎所苦，经常喘作一团，憋红了脸，透不过气来。可是家里穷，母亲舍不得花钱买药，就那么一冬季又一冬季地忍受着，一冬季比一冬季气喘得厉害。看着母亲喘作一团，憋红了脸透不过气来的痛苦样子，我和弟弟妹妹每每心里难受得想哭。我暗想，一麻袋又一麻袋，这么多这么多橘皮，我何不替母亲带回家一点儿呢？……

当天，我往兜里偷偷揣了几片干橘皮。

以后，每次义务劳动，我都往兜里偷偷揣几片干橘皮。

母亲喝了一阵子干橘皮泡的水，剧烈喘息的时候，分明地减少了，起码我觉着是那样。我内心里的高兴，真是没法儿形容。母亲自然问过我——从哪儿弄的干橘皮？我撒谎，骗母亲，说是校办工厂的师傅送给我的。母亲就抚摸我的头，用微笑表达她对她的一个儿子的孝心所感受到的那一份儿欣慰。那乃是穷孩子们的母亲们普遍的最由衷的也是最大的欣慰啊！……

不料想，由于一名同学的告发，我成了一个小偷，一个贼。先是在全班同学眼里成了一个小偷，一个贼，后来是在全校同学眼里成了一个小偷，一个贼。

那是特殊的年代。哪怕小到一块橡皮、半截铅笔，只要一旦和"偷"字连起来，也足以构成一个孩子从此无法刷洗掉的耻辱，也足以使一个孩子从此永无自尊可言。每每地，在大人们互相攻讦之时，你会听到这样的话——"你自小就是贼！"——那贼的罪名，却往往仅由于一块橡皮、半截铅笔。那贼的罪名，甚至足以使一个人背负终生。即使往后别人忘了，不再提起了，在他或她内心里，也是铭刻下了。这一种刻痕，往往扭曲了一个人的一生，改变了一个人的一生，毁灭了一个人的一生……

在学校的操场上，我被迫当众承认自己偷了几次橘皮，当众承认自己是贼。当众，便是当着全校同学的面啊！……

于是我在班级里，不再是任何一个同学的同学，而是一个贼。于是我在学校里，仿佛已经不再是一名学生；而仅仅是，无可争议地是一个贼，一个小偷了。

我觉得，连我上课举手回答问题，老师似乎都佯装不见，目光故意从我身上一扫而过。我不再有学友了。我处于可怕的孤立之中。我不敢对母亲讲我在学校的遭遇和处境，怕母亲为我而悲伤……当时我的班主任老师，也就是那一位清瘦而严厉的、戴六百度近视镜的中年女教师，正休产假。她重新给我们上第一堂课的时候，就觉察出了我的异常处境。放学后她把我叫到了僻静处，而不是教员室里，问我究竟做了什么不光彩的事。我哇地哭了……第二天，她在上课之前说："首先我要讲讲梁绍生（我当年的本名）和橘皮的事。他不是小偷，不是贼。是我嘱咐他在义务劳动时，别忘了为老师带一点儿橘皮。老师需要把橘皮掺进别的中药治病。你们再认为他是小偷，是贼，那么也把老师看成是小偷，是贼吧！……"

第三天，当全校同学做课间操时，大喇叭里传出了她的声音。说的是她在课堂上所说的那番话……从此我又是同学的同学，学校的学生，而不再是小偷不再是贼了。从此我不想死了……我的班主任老师，她以前对我从不曾偏爱过，以后也不曾。在她眼里，以前和以后，我都只不过是她的四十几名学生中的一个，最普通的最寻常的一个……

但是，从此，在我心目中，她不再是一位普通的老师了。尽管依然像以前那么严厉，依然戴六百度的近视镜……

在"文革"中，那时我已是中学生了，没给任何一位老师贴过大字报。我常想，这也许和我永远忘不了我的小学班主任老师有某种关系。没有她，我不太可能成为作家。也许我的人生轨迹将彻底地被扭曲、改变，也许我真的会变成一个贼，以我的堕落报复社会。也许，我早已自杀了……

以后我受过许多险恶的伤害，但她使我永远相信，生活中不只有坏人，像她那样的好人是确实存在的……因此我应永远保持对生活的真诚热爱！

孩子和雁

在北方广袤的大地上，三月像毛头毛脚的小伙子，行色匆匆地奔过去了。几乎没带走任何东西，也几乎没留下明显的足迹。北方的三月总是这样，仿佛是为躲避某种纠缠而来，仿佛是为摆脱被牵挂的情愫而去，仿佛故意不给人留下印象。这使人联想到徐志摩的诗句"我挥一挥衣袖，不带走一片云彩"。北方的三月，天空上一向没有干净的云彩；北方的三月，"衣袖"一挥，西南风逐着西北风。然而大地还是一派融冰残雪处处覆盖的肃杀景象……

现在，四月翩跹而至了。

与三月比起来，四月像一位低调处世的长姐。其实，北方的四月只不过是温情内敛的呀。她把她对大地那份内敛而又庄重的温情，预先储存在她所拥有的每一个日子里。当她的脚步似乎漫不经心地徜徉在北方的大地上，北方的大地就一处处苏醒了。大地嗅着她春意微微的气息，开始了它悄悄的一天比一天生机盎然的变化。天空上仿佛陈旧了整整一年的、三月不爱搭理的、吸灰棉团似的云彩，被四月的风一片一片地抚走了，也不知抚到哪里去了。四月吹送来了崭新的干净的云彩。那可能是四月从南方吹送来的云彩，白而且蓬软似的。又仿佛刚在南方清澈的泉水里洗过，连拧都不曾拧一下就那么松松散散地晾在北方的天空上了。除了山的背阳面，别处的雪是都已经化尽了。凉沁沁亮汩汩的雪水，一汪汪地渗到泥土中去了。河流彻底地解冻了。小草从泥土中钻出来了。柳枝由脆变柔了。树梢变绿了。还有，一队一队的雁，朝飞夕栖，也在四月里不倦地从南方飞回北方来了……

在北方的这一处大地上有一条河，每年的春季都在它折了一个直角弯的地方溢出河床，漫向两岸的草野。于是那河的两岸，在四月里形成了近乎水乡泽国的一景。那儿是北归的雁群喜欢落宿的地方。

离那条河二三里远，有个村子，是普通人家的日子都过得很穷的村子。其中最穷的人家有一个孩子。那孩子特别聪明。那特别聪明的孩子特别爱上学。

他从六七岁起就经常到河边钓鱼。他十四岁那一年，也就是初二的时候，有一天爸爸妈妈又愁又无奈地告诉他——因为家里穷，不能供他继续上学了……

这孩子就也愁起来。他委屈。委屈而又不知该向谁去诉说，于是一个人到他经常去的地方，也就是那条河边去哭。不只大人们愁了委屈了如此，孩子也往往如此。聪明的孩子和刚强的大人一样，只在别人不常去而又似乎仅属于自己的地方独自落泪。

那正是四月里某一天的傍晚。孩子哭着哭着，被一队雁自晚空徐徐滑翔下来的优美情形吸引住了目光。他想他还不如一只雁，小雁不必上学，不是也可以长成一只双翅丰满的大雁吗？他甚至想，他还不如死了的好……

当然，这聪明的孩子没轻生。他回到家里后，对爸爸妈妈郑重地宣布：他还是要上学读书，争取将来做一个有知识有文化的人。爸爸妈妈就责备他不懂事。而他又说："我的学费，我要自己解决。"爸爸妈妈认为他在说赌气话，并不把他的话放在心上。但那一年，他却真的继续上学了。而且，学费也真的是自己解决的。也是从那一年开始，最近的一座县城里的某些餐馆，菜单上出现了"雁"字。不是徒有其名的一道菜，而的的确确是雁肉在后厨的肉案上被切被剁，被炸被烹……雁都是那孩子提供的。后来《保护野生动物法》宣传到那座县城里了，唯利是图的餐馆的菜单上，不敢公然出现"雁"字了。但狡猾的店主每回悄问顾客："想换换口味儿吗？要是想，我这儿可有雁肉。"倘若顾客反感，板起脸来加以指责，店主就嘻嘻一笑，说开句玩笑嘛，何必当真！倘若顾客闻言眉飞色舞，显出一脸馋相，便有新鲜的或冷冻的雁肉，又在后厨的肉案上被切被剁。四五月间可以吃到新鲜的，以后则只能吃到冷冻的了……

雁仍是那孩子提供的。斯时那孩子已经考上了县里的重点高中。他在与餐馆老板们私下交易的过程中，学会了一些他认为对他来说很必要的狡猾。

他的父母当然知道他是靠什么解决自己的学费的。他们曾私下里担心地告诫他："儿呀，那是违法的啊！"

他却说："违法的事多了。我是一名优秀学生，为解决自己的学费每年春秋两季逮几只雁卖，法律就是追究起来，也会网开一面的。"

"但大雁不是家养的鸡鸭鹅，是天地间的灵禽，儿子你做的事罪过呀！"

"那叫我怎么办呢？我已经读到高中了。我相信我一定能考上大学，难道现在我该退学吗？"

见父母被问得哑口无言，又说："我也知道我做的事不对，但以后我会以我的方式赎罪的。"

那些与他进行过交易的餐馆老板们，曾千方百计地企图从他嘴里套出"绝招"——他是如何能逮住雁的？

"你没有枪。再说你送来的雁都是活的，从没有一只带枪伤的。所以你不是用枪打的，这是明摆着的事儿吧？"

"是明摆着的事儿。"

"对雁这东西，我也知道一点儿。如果它们在什么地方被枪打过了，哪怕一只也没死伤，那么它们第二年也不会落在同一个地方了，对不？"

"对。"

"何况，别说你没枪，全县谁家都没枪啊。但凡算支枪，都被收缴了。哪儿一响枪声，其后公安机关肯定详细调查。看来用枪打这种念头，也只能是想想罢了。"

"不错，只能是想想罢了。"

"那么用网罩行不行？"

"不行。雁多灵警啊。不等人张着网挨近它们，它们早飞了。"

"下绳套呢？"

"绳粗了雁就发现了。雁的眼很尖。绳细了，即使套住了它，它也能用嘴把绳啄断。"

"那就下铁夹子！"

"雁喜欢落在水里，铁夹子怎么设呢？碰巧夹住一只，一只惊一群，你也别打算以后再逮住雁了。"

"照你这么说就没法子了？"

"怎么没法子，我不是每年没断了送雁给你吗？"

"就是呀。讲讲，你用的是什么法子？"

"不讲。讲了怕被你学去。"

"咱们索性再做一种交易。告诉我给你五百元钱。"

"不。"

"那……一千！一千还打不动你的心吗？"

"打不动。"

"你自己说个数！"

"谁给我多少钱我也不告诉。如果我为钱告诉了贪心的人，那我不是更罪过了吗？"

他的父母也纳闷地问过，他照例不说。

后来，他自然顺利地考上了大学，而且第一志愿就被录取了——农业大学野生禽类研究专业。是他如愿以偿的专业。

再后来，他大学毕业了，没有理想的对口单位可去，便"下海从商"了。他是中国最早"下海从商"的一批大学毕业生之一。

如今，他带着他凭聪明和机遇赚得的五十三万元回到了家乡。他投资改造了那条河流，使河水在北归的雁群长久以来习惯了中途栖息的地方形成一片面积不小的人工湖。不，对北归的雁群来说，那儿已经不是它们中途栖息的地方了，而是它们乐于度夏的一处环境美好的家园了。

他在那地方立了一座碑——碑上刻的字告诉世人，从初中到高中的五年里，他为了上学，共逮住过五十三只雁，都卖给县城的餐馆被人吃掉了。

他还在那地方建了一幢木结构的简陋的"雁馆"，介绍雁的种类、习性、"集体观念"等等一切关于雁的趣事和知识。在"雁馆"不怎么显眼的地方，摆着几只用铁丝编成的漏斗形状的东西。

如今，那儿已成了一处景点。去赏雁的人渐多。

每当有人参观"雁馆"，最后他总会将人们引到那几只铁丝编成的漏斗形状的东西前，并且怀着几分罪过感坦率地告诉人们——他当年就是用那几种东西逮雁的。他说，他当年观察到，雁和别的野禽有些不同。大多数野禽，降落以后，翅膀还要张开着片刻才缓缓收拢。雁却不是那样。雁双掌降落和翅膀收拢，几乎是同时的。结果，雁的身体就很容易整个儿落入经过伪装的铁丝"漏斗"里。因为没有什么伤痛感，所以中计的雁一般不至于惶扑，雁群也不会受惊。飞了一天精疲力竭的雁，往往将头朝翅下一插，怀着几分奇怪大意地睡去。但它第二天可就伸展不开翅膀了，只能被雁群忽视地遗弃，继而乖乖就擒……

之后，他又总会这么补充一句："我希望人的聪明，尤其一个孩子的聪明，不再被贫穷逼得朝这方面发展。"

那时，人们望着他的目光里，便都有着宽恕了……在四月或十月，在清晨或傍晚，在北方大地上这处景色苍野透着旖旎的地方，常有同一个身影久久伫立于天地之间，仰望长空，看雁队飞来翔去，听雁鸣阵阵入耳，并情不自禁地吟他所喜欢的两句诗："风翻白浪花千片，雁点青天字一行。"

便是当年那个孩子了。

人们都传说——他将会一辈子驻守那地方的……

狍的眼睛

狍子当归属于鹿的一种。比麝和獐略大，比鹿略小。由于它不像鹿和麝一样，鹿有珍贵的鹿茸、鹿心血，麝香可入药；甚至连它的皮也不像獐的皮一样可制成细软的皮革，所以它无幸列入动物的受保护"名单"。一向被人认为既没什么观赏价值，也没什么经济价值。人养火鸡、鸵鸟、狐、貂，也养山雉和野兔，就是不养狍。

所以狍似乎是动物中的劣种，是山林中的"活动罐头"，任谁都可以设套子套它，或用猎枪射杀它。

东北山林中的鄂伦春人，以狍为主要的猎捕之物。他们吃狍肉如我们汉人吃猪肉一样寻常。他们从头到脚穿的、铺的、盖的，几乎全是狍皮制品。狍皮虽然不属珍皮，而且非常容易掉毛，但却有一大优点——阻隔寒潮。鄂伦春猎人在山林中野宿，往往于雪地上铺开三边缝合了的狍皮睡袋，脱光衣服钻入进去，只将戴着狍皮帽子的头露在外，连铺带盖都是它了。哪怕零下三十几度的严寒，睡袋内也一夜暖乎乎的。

当年我是知青，在一师一团，地处最北边陲。每月享受九元"寒带地区津贴"。连队三五里外是小山，十几里外是大山。鄂族猎人，常经过我们连，冬季上山，春季下山。连里的老职工、老战士，向鄂族学习，成为出色猎人的不少。当年中国人互比生活水平，论"几大件儿"。连里老职工、老战士们的目标是"四大件儿"——即自行车、缝纫机、收音机，加一支双筒猎枪。三四年后，仅我们一个连一百多名知青中，就有半数铺上了狍皮褥子。或向鄂族猎人买的，或向本连老职工、老战士买的。全团七个营四十余个连，往最少了估计，那些年究竟有多少只狍子丧生枪下，可想而知。新狍皮，小的十五元，大的二十元，更大的，也有二十五元一张的，最贵不超过三十元。

"北大荒"的野生动物中，野雉多，狍子也多，所以有"棒打狍子瓢舀鱼，野雉飞到饭锅里"的夸张说法。

狍天生是那种反应不够灵敏的动物，故人叫它们"傻狍子"。人觉得人傻，在当地也这么说："瞧他吧，傻狍子似的！"

狍的确傻。再傻，它见了人还能不跑吗？当然也跑。但它没跑出去多远却会站住，还会扭回头望人，仿佛在想——我跑个什么劲儿呢？那人不一定打算伤害我吧？——往往就在它望着人发愣之际，砰！猎枪响了……

被猎枪射杀的狍子中，半数左右是这么死的。死得糊涂，死得傻，死得大意。

狍真的很傻，少见那么傻的野生动物。

夜晚，一辆汽车在公路或山路上开着，而一只狍要过路。车灯照住狍，狍就站定在路中央不动了。它似乎想弄明白是怎么回事，为什么那么亮的一片光会照住它？……司机一提速，狍被撞死了……

我是知青的六年间，每年都听说几次汽车撞死狍子的事。卡车撞死过狍子，吉普也撞死过狍子，还目睹过两次这样的事。不但汽车撞死过狍子，连拖拉机也撞死过狍子。当年老旧的一批"东方红"链履式拖拉机，即使挂到最高速五挡，那又能快到哪儿去呢！但架不住傻狍子愣是站定在光中不跑哇……

狍的样子其实一点儿都不傻。非但看上去并不傻，长得还很秀气。知道鹿长得什么样儿，就想象得到狍长得多么秀气了。狍的耳朵比鹿长一些，眼睛比鹿的眼睛还大。公狍也生角，但却不会长到鹿角那么高，也不会分出鹿角那么多的叉儿，一般只分两叉儿。狍不会碎步跑，只会奔跃。但绝不会像鹿奔得那么快，也不会像鹿跃得那么远。狍虽是野生动物，但又显然太缺乏"野外运动"的锻炼。

狍，傻在它那一双大眼睛。

狍的眼中，尤其母狍的眼中，总有那么一种犹犹豫豫、懵懂不知所措的意味。我这里将狍的眼神儿作一比，仿佛虽到了该论婚嫁的年龄，却仍那么缺乏待人接物的经验，每每陷于窘状的大姑娘的眼神儿。这样的大姑娘从前的时代是很有一些的，现在不多了。狍发现了人，并不立即就逃。它引颈昂头，凝视着人。也许凝视几秒钟，也许凝视半分钟甚至一分钟之久。要看它在什么情况之下发现了人，以及什么样的人，人在干什么。狍对老人、小孩儿和女人，戒心尤其不足。

　　我在连队当小学老师的两年中，有一天带领学生们捡麦穗儿，冷不丁地从麦捆后站起了一只狍子。它大概在那儿卧着晒太阳来着。一名女学生，离那只狍仅数步远。它没跑，凝视着她。她也凝视着它，蹲在地上，手中抓着把麦穗儿，一动也不动。别的同学就喊："扑它！扑它呀！"她仿佛聋了，仍一动也不动。于是发喊的同学们就围向它，纷纷将手中装麦穗的小筐小篮掷向它。当时，这些孩子们手中除了小筐小篮，也没另外的任何器物。有的筐篮，还真就准确地掷在狍身上了。当然，并不能使狍受伤。它这才跑。它一慌，非但没向远处跑，反而朝同学们跑来，结果陷于包剿。左冲右突了一阵，才得以向远处逃脱……

　　别的同学就都埋怨那女同学："你怎么比狍子还傻？怎么不扑它呀？"

　　她说："我光顾看它眼睛了，它的眼睛可真好看！"

　　后来，她把这件事写到作文中了，用尽她所掌握的词汇，着实地将狍的眼睛形容了一番。她觉得狍的眼睛像"心眼儿特实诚的大姑娘的眼睛"。我今天也这么在此形容，坦率地讲，是抄袭我当年的学生。

　　小学校的校长是转业兵，姓魏，待我如兄弟。他是连队出色的猎手之一。冬季的一天，我随他进山打猎。我们在雪地上发现了两行狍的蹄印。他俯身细看了片刻，很有把握地说肯定是一大一小。顺踪追去，果然看到了一大一小两只狍。体形小些的狍，在我们的追赶下显得格外灵巧。它分明地企图将我们的视线吸引到它自己身上。雪深，人追不快，狍也跑不快。看看那只大狍跑不动了，我们也终于追到猎枪的射程以内了，魏老师的猎枪也举平瞄准了，那体形小些的狍，便用身体将大狍撞开了。然后它在大狍的身体前蹿来蹿去，使魏老师的猎枪无法瞄准大狍，开了三枪也没击中。魏老师生气地说——我的目标明明不在它身上，它怎么偏偏想找死呢！

但傻狍毕竟斗不过好猎手。终于，它们被我们追上了一座山顶。山顶下是悬崖，它们无路可逃了。

在仅仅距离它们十几步远处，魏老师站住了，激动地说："我本来只想打只大的，这下，两只都别活了。回去时我扛大的，你扛小的！"他说罢，举枪瞄准。狍不像鹿或其他动物，它们被追到绝处，并不自杀。相反，那时它们就目不转睛地望着猎人，或凝视枪口，一副从容就义的样子。那一种从容，简直没法儿细说。那时它们的眼睛，就像参加"奥运"的体操选手，连出差失，遭到淘汰已成定局，厄运如此，听天由命。某些运动员在那种情况之下，目光不也还是要望向分数显示屏吗？——那是运动员显示最后自尊的意识本能。狍凝视枪口的眼神儿，也似乎是要向人证明——它们虽是动物，虽被叫傻狍子，但却可以死得如人一样自尊，甚至比人死得还要自尊。

在悬崖的边上，两只狍一前一后，身体贴着身体。体形小些的在前，体形大些的在后。在前的分明想用自己的身体挡住子弹。它眼神儿中有一种无悔的义不容辞的意味，似乎还有一种侥幸——或许人的猎枪里只剩下了一颗子弹吧？……

它们的腹部都因刚才的逃奔而剧烈起伏。它们的头都高昂着，眼睛无比镇定地望着我们——体形小些的狍终于不望我们，将头扭向了大狍，仰望大狍。而大狍则俯下头，用自己的头亲昵地蹭对方的背、颈子。接着，两只狍的脸偎在了一起，两只狍都向上翻它们潮湿的、黑色的、轮廓清楚的唇……并且，吻在了一起！我不知对于动物，那究竟等不等于吻，但事实上的确是——它们那样子多么像一对儿情人在以相吻诀别啊！……

我心中顿生恻隐。正奇怪魏老师为什么还没开枪，向他瞥去，却见他已不知何时将枪垂下了。他说："它们不是一大一小，是夫妻啊！"他嘿嘿然不知说什么好。他又说："看，我们以为是小狍子那一只，其实并不算小呀！它是公的。看出来没有？那只母的是怀孕了啊！所以显得大……"我仍不知该怎么表态。"我现在终于明白了，鄂伦春人不向怀孕的母兽开枪是有道理的！看它们的眼睛！人在这种情况下打死它们是要遭天谴的呀！"魏老师说着，就干脆将枪背在肩上了。后来，他盘腿坐在雪地上了，吸着烟，望着两只狍。我也盘腿坐下，陪他吸烟，陪他望着两只狍。我和魏老师在山林中追赶了它们三个多小时。魏老师可以易如反掌地射杀它们了，甚至，可以来个"穿糖葫芦"，一枪击倒两只，但他决定不那样了……我的棉袄里子早已被汗水湿透，魏老师想必也不例外。那一时刻，夕阳橘红色的余晖，漫上山头，将雪地染得像罩了红纱巾……

两只狍在悬崖边相依相偎，身体紧贴着身体，眷眷情深，根本不再理睬我们两个人的存在……那一时刻，我不禁想起了一首古老的鄂伦春民歌。我在小说《阿依吉伦》中写到过那首歌，那是一首对唱的歌，歌词是这样的：

小鹿：妈妈，妈妈，你肩膀上挂着什么东西？

母鹿：我的小女儿，没什么没什么，那只不过是一片树叶子……

小鹿：妈妈，妈妈，别骗我，那不是树叶子……

母鹿：我的小女儿，告诉你就告诉你吧，是猎人用枪把我打伤了，血在流啊！

小鹿：妈妈，妈妈，我的心都为你感到疼啊！让我用舌头把你伤口的血舔尽吧！

母鹿：我的女儿呀，那是没用的。血还是会从伤口往外流啊，妈妈已经快要死了！你的爸爸早已被猎人杀死了，以后你只有靠自己照顾自己了！和大伙一块儿走的时候，别跑在最前边，也别落在最后边。喝水的时候，别站定了喝，耳朵要时时听着。我的女儿呀，快走吧快走吧，人就要追来了！……

倏忽间我鼻子一阵发酸。

以后，我对动物的目光变得相当敏感起来……

大象、小象和人

阴霾的天空压迫着整个非洲大草原，连绵的秋雨使它处处形成着沼泽。而河水已经泛滥，像镀银的章鱼朝四面八方伸出曲长的手臂。狮子们蜷卧在树丛，仿佛都被淋得无精打采一筹莫展的样子，眼神里呈现着少有的迷惘……

象群缓缓地走过来了，大约二十几头。它们的首领，自然是一头母象，躯体巨大而且气质雍容，似乎有能力摆平发生在非洲大草原上的一切大事件。

确乎地竟有事件发生了。没什么威胁的那一种，也谈不上是什么大事件的那一种事件——一头小象追随着这一象群，企图加入它们的集体。那小象看去还不到一岁，严格地说是一头幼象。那象群中也是有小象的，七八头之多，被大象们前后左右地保护在集体的中央。它们安全地近乎无聊，总想离开象群的中央，钻出大象们的保护圈。而大象们都不许它们那样。尽管大草原上一片静谧，大象们却还是显得对小象们的安全很不放心。那一头颠颠的疲惫不堪的小象，脚步蹒跚而又执拗地追随着它们，巴望着寻找一个机会钻入大象们的保护圈，混入到小象中去。是的，它看上去实在太小了。如果将那象群中的小象们比作少年，那么它则只能算是一个儿童了。

这么小的一头小象孤单存在的情况是极少见的。在象们，母亲从来不会离开自己这么小的孩子。除非它死了。而如果一位母亲死了，它的孩子也一定会受到它那一象群的呵护。

总之，那一头小象的孤单处境是难以解释的，是非洲大草原上万千谜中的一个谜。

每当它太接近着那一象群，它就会受到驱赶。那些大象们显然不欢迎它，冷漠地排斥它的加入。

不知那小象已经追随了它们多久。从它疲惫的样子看，分明已经追随了很久很久。也分明地，它已经很饿了。

天在黑下来。

小象愈加巴望获得一份安全感。它似乎本能地觉出了黑夜所必将潜伏着的种种不测。那一象群中央的小象们的肚子圆鼓鼓的。它们看上去吃得太饱了，有必要行走以助消化。而那一头小象的肚子却瘪瘪的，不难看出它正忍受着饥饿的滋味。而它的小眼睛里，流露着对黑夜和孤独的恐惧……

它的追随也许还使那一象群感到了被纠缠的嫌恶。大象们一次次用鼻子挑开它，或用脚蹬开它。疲惫而又饥饿的那一头小象，已经站不太稳了。大象们的鼻子只轻轻一挑它，它就横着倒下了；大象们的脚只轻轻一蹬它，它也就横着倒下了，而且半天没力气爬起来。待它终于挣扎着爬起，那一象群已经将它甩下了。它望着它们，发呆片刻，继而又追随奔去。用北方老百姓的话说——跟头把式的，一身泥浆。

那显然是它还能追随最后一次的力气……

以上是电视里《神秘的地球》的片段。

斯时我正在一位朋友家里。

我的朋友两年前亡于车祸。那一天是他的忌日，我到他家里去看望他的妻子和他的儿子，问问生活上有没有什么困难。

我和那做母亲的正低声聊着，她忽然不说话了，朝我摆她的下巴。我明白她的意思，于是扭头看她的儿子。起初她的儿子在我们旁边逗小猫玩来着。那时他不逗小猫玩了，将小猫抱在怀里，背对着我们，全神贯注地在看电视。

那一刻他们的家里是静极了。

于是我们两个大人也看到了关于象们的以上纪实片段。

那小学四年级的男孩说："小象真可怜。"

他是在自言自语，没有察觉到我们两个大人的目光正默默地注视着他。

我和他的母亲对望一眼，谁都没说什么。

我们两个大人也觉得那小象着实可怜。除了和那男孩一样觉得小象可怜，实在也没有另外的什么话可说……

刚刚跟头把式地追上那一象群的小象，又遭到同样的驱赶后，又一次横着倒下了……

象群不理不睬地往前走。走在最前边的母象，一副事不关己、高高挂起的样子。走得那么地从容不迫，也走得那么地悠闲自在那么地威严不可侵犯，如同率领着亲眷旅游般的巡视广袤疆土的帝王……

那又一次横着倒下在泥泞中的小象，伸直着它的鼻子和腿，一动也不动了……

男孩自言自语："可怜的小象死了。"

我听到他抽了一下他自己的鼻子。而我则向他的母亲指指自己的眼睛，他母亲微微点了一下头。

于是我知道那男孩是在流着眼泪了。

然而那小象并没死。它终于还是挣扎着站了起来。

象群已经走得很远很远，远得它再也不可能追上了。小象六神无主地呆望一会儿，沮丧地调转头，茫然而又盲目地往回走。

它那一种沮丧的样子，真是沮丧极了沮丧极了的样子啊。

有几只土狼开始进攻它。它却颠颠地只管往前走，一副完全听凭命运摆布的样子。一只土狼从后面扑抱住了它，咬它。而它仍毫无应对反应地往前走，头一点一点的，像某些七老八十的老头那一种走法。象皮的厚度，使它没有顷刻便成为土狼们的晚餐……

小象走，那一只扑抱住它不放的土狼也用两条后腿跟着走，不罢不休地仍张口咬它。另几只土狼，也围着小象前蹿后蹿。

小象和土狼们，就那么趟过了一片水。

我听到男孩又抽了一下鼻子。

我和他的母亲，竟都有点不忍再看下去了……

忽然，那小象扬起鼻子悲鸣了一声。

那一声悲鸣在非洲大草原上久久回荡。

忽然，远处的象群全体站住了。不消说明，是由于它们的首领那一头母象站住了。

母象的耳朵朝头的两旁挺了起来。

又一声悲鸣……

母象如同听到了什么比它更权威的号令似的，一调头就循声奔回来。而那象群，几秒钟的迟疑之后，跟随着母象奔回来……

它们寻找到了那一头小象……

土狼们四散而逃……

大象们用它们的鼻子抚慰着那一头小象。它们的小象也那样。好比家长们做出了榜样，满怀怜爱心肠地收容了一个流浪儿，于是孩子们也表达自己的一份善良……

男孩一动不动地说了一个字："妈……"

声音很小。

于是他的母亲移身过去，坐在他身后，将他搂在怀里，用纸巾替他擦泪。

被象群收容了的小象，不慎滑入了一片沼泽。大象们开始营救它。它们纷纷朝它伸出长鼻子，然而小象已经疲惫得不能用自己的鼻子勾住大象们的鼻子了。它绝望地放弃了努力，自甘地渐渐下沉着。大象们却不放弃它们的努力。它们都试图用自己的长鼻子卷住小象的身体将它拖上来，无奈它们的鼻子没有那么长。险情接着发生了——由于它们是庞然大物，泽岸边的土一大块一大块地被它们踩塌。塌土埋在小象身上，小象的处境更危难了。这时，有几头小象走向了沼泽。它们的体重，将很可能使它们自己也被陷住。而一旦那样的情况发生，别的大象靠鼻子是根本救不了它们的。分明地，它们都十分本能地意识到了这一点。它们小心翼翼地趟向沼泽。既谨慎又义无反顾。一头，两头，三头，几头大象用自己的身体组成了一道防线，挡住了小象不至于再向沼泽的深处沉陷下去。同时，它们将它们的长鼻子插入泥泞，从下边齐心协力地托起小象的身体。它们当然不知人类的摄影机在偷拍它们。它们只不过本能地觉得，既然它们收容了那一头小象，就应该像对自己的孩子一样对它有一份责任，哪怕为此而牺牲自己。除了这么解释，还能有什么别的解释呢？

那一头是首领的母象，此刻迅速做出了超常之举——那庞然大物将自己的两条前腿踏入沼泽，而它的两条后腿，缓缓地缓缓地跪下了。那接近着是一种表演杂技的姿势。对于一头没有受过训练的野象，那无疑是很难为它的一种姿势……

它以那样一种姿势救起了小象。

大象们开始纷纷用鼻子吸了水替小象洗去身上的泥浆。其他小象们也学着那样。身体干净了的小象，惊魂甫定，三魂四魄一时还不能得以从险境之中摆脱，显得呆头呆脑的。大象和别的小象们，就纷纷地用鼻子对它进行又一番抚慰。看去那情形给人这样一种深刻的印象，如果它们也有手臂的话，它们都会紧紧地搂抱着它似的……

男孩此刻悄悄地说："大象真好！"

这话，听来已经不是自言自语了，而是在对他的母亲讲他的感想了。

是母亲的女人也悄悄说："是啊，大象真好。大象是值得人类尊敬的动物。"

母子二人仿佛都忘了我这个客人的存在。

不料男孩又说："可是人不好。人坏。"

男孩的语调中，有几分恨恨的意思。

那时刻，荧屏上的象们，正渐渐地消失在非洲大草原的夜色中……

而房间里是静极了，因为男孩的话。

良久，母亲低声问："儿子，你怎么那么说？"

男孩回答："我爸爸出车祸的时候，都没有一辆车肯送他去医院，怕爸爸流出的血弄脏了他们的车座！"

又良久，母亲娓娓地说："儿子啊，你的想法是不对的。确实，大象啊，天鹅啊，雁啊，仙鹤和鸳鸯啊，总之某些动物和禽类，在许多情况下常常表现得使我们人类感到惭愧。但即使这样，妈妈还是要告诉你，在我们的地球上，人类是最可敬的。尽管人类做了不少危害自己也危害地球的坏事，比如战争，比如浪费资源，污染环境。可是人类毕竟是懂得反省的啊！古代人做错了，现代人替他们反省；上一代人做错了，下一代人替他们反省；这一些人做错了，那一些人替他们反省；自己始终不愿反省的人，就有善于反省的人教育他们反省，影响他们反省。靠了反省的能力，人类绝不会越变越坏，一定会越变越好。儿子啊，你要相信妈妈的话呢，因为妈妈的话基本上是事实……"

我没有料到那是母亲的女人，会用那么一大段话回答她的儿子。

因为两年来，一想到她丈夫的不幸，她仍对当时袖手旁观见死不救的那些人耿耿于怀。

刹那间我的眼眶湿了。

　　我联想到了这样一句话——民族和民族的较量，也往往是母亲和母亲们的较量。

　　我顿觉一种温暖的欣慰，替非洲大草原上那一头小象，替我罹难的朋友，替我们这个民族……

"十姐妹"出走

　　且说那一天我在家对面的小树林散步，遇见了几个年轻的民工。其中一个拎着纸盒箱。箱四周扎了许多透气孔。见着我，拎纸盒箱的自言自语："这么大一个北京，竟没识货的人！"仿佛自言自语，其实说给我听。那模样，那口吻，使我联想到受高衙内指使，诱林冲中计的那个卖刀人……

　　我问："什么？"

　　他们中有人答："鸟儿……"

　　"什么鸟儿？"

　　"十姐妹……"

　　好悦心的鸟名——我不禁掀开纸箱盖儿一角往里瞅，但见十位"小姐"挤缩一处，十双黑晶晶的小眼睛瞪着我，胆怯而又乞怜。黄嘴边儿还没褪呢，羽毛还没长全呢，毛根间暴露着粉红的肉色，如同一群只扎肚兜儿的光身子小孩儿……

并不雅的些个小东西！

"卖？""卖！""多少钱？""二十元！""太小哇。""这您就外行啦，养鸟儿都得从小养起。""不好看呀，跟麻雀似的！""毛长全就好看了，不好看能叫'十姐妹'么？"

于是我一念顿生，成了"十姐妹"的"家长"。

最初养在一个极小的笼子里，用两个瓶盖儿喂它们水和小米。后来妻买回了一个漂亮的够大的笼子，于是它们"迁"入了新居，好比住在小破房里的中国老百姓，一步登天搬进了花园洋房。那一天"她们"显得好高兴噢，叽叽喳喳叫个不停。我们一家三口看着"她们"高兴，各自心里也高兴……

自从阳台上有了"十姐妹"，便热闹起来。"小姐"们一会儿"说"一会儿"唱"。"说"时其音细碎一片，吴侬软语似的，使我联想到一群上海姑娘聚在一起聊悄悄话儿。"唱"时反倒不那么动听了，类乎"喳"的一个单音，此长彼短，自我陶醉，没一个嗓子强点儿或可出息为歌唱家的。于"她们"正应了那句话——"说的比唱的好听"。

那时我正写作，便不免地会有些烦，常到阳台上去冲"她们"喝唬一句。喝唬一句大概能消停五分钟。于是最后只有关上几扇门，隔断"她们"的噪音，将自己关在最里边的小屋。

安定且无忧无虑的生活，使"她们"长大得明显，羽毛日渐丰满了，一个个都出落得非麻雀可比了。秀小的头，鱼形的身，颔下和喙根两侧，以及翅膀和尾翼之间，是洁白的绒羽和翅子。若补充些想象看它们，也还算漂亮。

　　有天我发现"她们"争争吵吵、拥拥挤挤地围住饮水罐儿，衔了水梳理羽毛。我想——哦，"小姐"们是该洗次澡了。便将一个饼干盒盖注满清水，将笼底抽下，将笼子置于盒盖上，伫立一旁静观。"她们"不争不吵不拥不挤了，一只只侧着头，矜持地瞪我。我刚一转身离去，阳台上便溅水声大作。水珠竟透过纱门溅入室内。偷窥之，见"她们"洗得那个欢呢！而且相互梳洗……

　　于是便宠出了"她们"的娇惯毛病。每至中午，倘不为"她们"提供此项服务，阳台上一片抗议之声，不予理睬简直就不可能。"她们"是很讲"三大纪律八项注意"的。或者可以说很培养我的文明意识——只要我在看着，绝不下水。其实我也不稀罕看。偷窥的行为就那么一次。

　　原先，鸟笼放在一把椅子上的。阳台下半部是砌严的，小时候它们则只能看到一片天空，倒也都甘于做井底之蛙。有一天"她们"就以"她们"的噪音，提出了开阔视野高瞻远瞩的要求。于是中午洗过澡后，我将鸟笼挂在晾衣杆上。第一次透过阳台窗望到外面的广大世界，"她们"真是显得惊奇极了。"说"了一中午，"唱"了一中午。反反复复"唱"的，在我听来，仿佛始终是那么一句——"外面的世界很精彩……"

　　我听不得"她们"向我传达的那份儿幽怨，干脆启开笼门，将"她们"放飞在阳台上。不消说，从此我更得勤于打扫阳台了……

　　我常想起买下"她们"时的情形。不知命运如何，"她们"的那份儿胆怯好可怜的。不愁冷暖不愁饥渴了，就产生了对"居住"条件的高要求。"居住"条件大大改善了，就渐渐滋长了"贵族"习惯，每天还得洗次澡。一旦"贵族"起来了，则又开始向往自由了。给予了"她们"一个阳台的自由范围，最初的喜悦和兴奋过后，又分明地向往起"外面的世界"来……有天它们一溜儿蹲栖在窗格上，静悄悄的，都很忧伤的样子，仿佛些个囚徒似的。我几经犹豫，开了一扇阳台窗。轻风和爽气扑人，"她们"都扇动起翅膀来……我说："小姐们，请吧，我还你们自由……""她们"一只只从敞开的窗子跳进跃出着，不停地扇翅，一会儿侧头看我，一会儿仰望天空，若有依恋之意……我又说："想回来时就回来，这扇窗将随时为你们打开……"我也满怀着对"她们"的依恋，离开了阳台。半小时后，十只鸟儿剩下五只了。一个小时后，阳台上一只鸟儿都不见了，顿时寂静得使人悒郁……有几只鸟儿飞回来过——吃点儿食，饮点儿水，洗次澡，又飞走……从此，我在早晚散步时，总能听到"她们"的声音，传出自小树林里。我的"丫头"们的声音，我是听得出来的……

有天我发现一只鹞鹰，在附近的树林上空盘旋。我想——说不定它是被我的"丫头"们的叫声引来的，伺机加害于"她们"。于是我赶快回到家里，找了一根长长的竹竿，挂上彩布，在树林中奔来奔去，挥舞着，大叫着，直至将那残食弱小的枭禽驱逐遁去……

有天我发现别人家养着两只鹦鹉的笼子里，也有一只"十姐妹"。两只鹦鹉都啄"她"，啄得"她"没处藏没处躲。紧缩一隅，尾巴挤出在笼外。见了我，便在笼子里"炸"飞起来，叫个不停，其音哀婉。我想，那一定是我的"丫头"中的一只，想吃食，想饮水，或想洗澡，误入了别人家的阳台……

于是我将"她"讨回，养了几日，又放飞了……有天早晨，在公园里，我见到一个张网人，一次用粘网粘住了三只"十姐妹"。我想那也肯定是我放飞的鸟儿。我将"她们"再次买下，养了几日，也又放飞……"外面的世界很精彩，外面的世界很无奈"——在人的城市里，对鸟儿们也是这样的……

自由，在本质上，其实也是人对他人的责任感最完善的摆脱。正如我不可能也不打算每见到别人笼子里的一只"十姐妹"都买下放飞一样。在这么一种社会形态下，若同时没有法的威慑，没有宗教对心灵的影响，大多数人，就只有像我养过的"十姐妹"一样，提高防范的能力，并靠运气活着了……

有天夜里我做了一个梦——梦见老了的自己，被十个女儿围绕着，还有十个女婿侍守一旁——尽管这有悖计划生育法，而且"十姐妹"也并非就全是"丫头"，但仍没妨碍我做了那么一个很幸福的梦……

孩 儿 面

那天晚上，我在友人家做客。友人乃中年书法家，举办了国内国外个人书法展后，声名鹊起，墨迹就很值钱起来。

正聊着，忽闻敲门声。友人妻开了门，让进一位二十多岁的青年。看其衣着气质，不但是外地人，而且定是山里人无疑。

他在门外声称要找"汪铭老先生"，归还一样东西。汪铭老先生，友人之父，数年前已故去，生前也是一位名字极有分量的书法家。

友人问青年从何处来？

答曰从大兴安岭林区来。

问归还什么？

青年犹豫不语。于是友人将青年引入另一房间，指墙上其父遗像说："我是你要找的人的儿子。而且他只我这么一个儿子。"

青年沉吟半晌，默默从肩上取下布袋，放于桌上。又默默从袋中取出布包，一层、两层、三层，展开三层包裹，现出一块砚来……

此砚不寻常！开扇般大小，一寸许厚，呈双龙护月形。中间圆如满月的砚面，石质坚韧，光润莹洁，纹理缜细。双龙雕刻，刀法俊秀有力，精湛浑朴。好一块古色古香的文房之宝！

友人不禁"呀"了一声，急问："此砚是怎么落在你手中的？"

青年说："为了归还，十几年间我专程到北京四五次，寻找它的主人寻找得好苦！今儿总算寻找到了，我也从此了却一桩心事……不过我现在好渴……"

友人立即吩咐其妻："快沏茶来！"并将青年从椅上让座于沙发，恭而敬之，待为嘉宾。

青年饮了几口，讲出下面一段事。

二十二年前，大兴安岭某农场的一个伐木队里，来了一个人，一个神色沉郁、五十多岁的劳改分子。当天，伐木队长向自己手下的三十多名伐木工人打招呼："我看此人，衣物很少，书却挺多，准是个学问人。他一有空闲，就坐下看书，到了这般田地，仍不失学问人的习惯，可见身未触法，心内无愧。他不卑不亢，满脸正气。这年月，蒙受不白之冤的好人不少，咱们谁也不许为难他，别给自己、给下辈人做阴损缺德的事端！"

亏得有伐木队队长暗中庇护，谁也不曾刁弄过他。

那当年的伐木队队长，便是寻上门来归还古砚的青年的父亲。

后来发生的一件事，证明伐木队队长的判断不错。那人果然外儒内勇，显示出了令人钦佩的品格——一头熊，闯入伐木人家属住的房子，炕上正睡着一个未满周岁的孩子。那孩子不是别人，正是归还古砚的青年。熊，就卧在孩子身旁，像狗一样，将嘴巴伏在两只前掌上打盹，所幸孩子一直熟睡着。但那熊，也仿佛要厮守着孩子，一直打盹到天明似的。几个小伙子，再也按捺不住性子，一人攥一把利斧，要闯入屋里，他们被那接受改造的人拦住了。

有人取来一杆猎枪，从窗口偷偷伸进去……也被那接受改造的人拦住了。

他说："如果一枪打不死它呢？我曾遇到过类似的情况。熊在这种时候，一般不伤人。最稳妥的办法，是有人进屋里去，将孩子抱出来……为了以防万一，枪瞄着熊也是必要的，但不到万不得已，不可开枪……

"进屋里去？……"

人家反问："谁……"

"我。"

他以他所主张的方式救出了那个孩子……

大森林里，即使在当时那种年代，也有着跟外界不尽相同的判断人的方式和标准，他在伐木工们的心目中成了带有传奇色彩的人物。伐木队队长公然和他交上了朋友，毫无避讳地和他称兄道弟，还经常请他到家里去喝酒……

一天，他伐木时，碰上了"吊死鬼"。这是有经验的伐木工也要小心对付的情况。一棵已经伐断的树，被另一棵树半空"扯"住。这同开山炸石的人碰上了"哑炮"一样。他碰上了两棵断树被同一棵树半空"扯"住的险情，伐木工人把这种险情叫作"二常联手"，意思是黑白无常串通一起，企图取人性命。

他算准了第三棵的倒势，开动了电锯。森林里突然刮起一股风，那风起得好疾，好猛。他刚听一声大喊"闪开"，抬头看时，两棵断树被刮得脱了依持，凌空向他压顶砸下来。他还没来得及做出迅速的反应，就被人推出一丈多远，跌倒在雪窝里。参天大树响着枝杈断裂的呼啸之声轰然倒下，树干之下，压着的是伐木队队长……

半月后，他离开了大森林。谁也不晓得他将被弄到哪里去，他的命运将如何，等待他的是凶是吉。他自己也难预测。他没有忘记向伐木队队长的妻子告别，他对她说："你们母子以后的生活肯定会很艰难，我处于这般田地，又身无分文，无法报答你丈夫对我的救命之恩，也无力周济你们母子，只有这块古砚，是传家之宝，值钱的文物，你们母子就把它收下吧，有机会变卖掉，可维持三年五载的衣食。"

他双手捧砚，挚诚相赠。

伐木队队长的妻子虽感激涕零，却坚拒不受。

最后，他叹息一声，说："就算我将它寄托于你们吧，若是哪一天，我的处境略有转变，就让孩子带这块砚去找我，我会把他当成自己的亲生儿子一样！……"友人及其妻听至这里，不禁四目涕视，我看得出，他们内心里都活动着些微妙的想法。

友人嗫嚅地说："可是，我父亲……我刚才告诉过你的，他已经去世了……"

大兴安岭林区来的青年说："我母亲也去世了，我母亲去世前，再三叮嘱我，将来一定要寻找到这块砚的主人。既然当年讲好是寄托于我们的，我们就一定要守信用，一定要想办法使它物归原主。所以，我千里迢迢又一次来到北京，不是希望能在北京寻找到一位有理由依靠的监护人，只是为了归还这块砚。除此没有别的目的。"

友人夫妇，顿时肃然。

青年又说："能允许我再看一眼老先生吗？"

友人愧曰："当然当然。"

于是第二次将青年引至其父遗像前。

青年对遗像三鞠躬后，拱手作别。

友人问："你可知此砚现在值多少钱？"

青年回答："三年前曾有人出两万元高价求买，虽家境贫寒，但毕竟是信托之物，不欲换钱。"

友人感慨地说："这是一块安徽歙县出品的古砚。从民间传至过宫廷，又从宫廷流失于民间。归于我家祖上，至今已相传七八代之久。抚之如柔肤，叩之似金声，素享'孩儿面'之美誉。苏东坡曾赞'孩儿面'——'涩不留笔，滑不拒墨'，可不是区区两万元就能买卖之物啊！"

遂向其妻暗使眼色，其妻领悟，转身入另室。片刻而出，执一信封，赠向青年，言内有五千元，聊谢归还诚意……青年坚拒不受。其妻无奈。

友人说："请稍候。我为你写一条幅，可愿收下？"

青年微笑，说这是很高兴收下的。于是友人铺展纸幅，便用那"孩儿面"细细研墨。研罢，悬笔在手，似一时不知该写什么，侧目求援视我……我沉吟有顷，想出四句话：

世人皆图币，君子古心来。

孩儿面依旧，朴拙放异彩！

　　友人随声落笔，果然龙飞蛇舞，硬撇柔捺，苍折虬勾，墨迹不凡，一流书法！

　　我望着那青年，心中暗思——好一段古砚情！好一块"孩儿面"！好一位品性古朴未染的青年！让心灵被铜锈所蚀的我辈太惭啊！

在北方的这一处大地上有一条河，
每年的春季都在它折了一个直角弯的地方溢出河床，
漫向两岸的草野。

——《孩子与雁》

灵魂独语

　　站在我们所处的当代，向历史转过身去，我们定会发现——"读"这一种古老而良好的习惯，百千年来，曾给万亿之人带来过幸福的时光。万亿之人从阅读的习惯中受益匪浅。历史告诉我们，阅读这一件事，对于许许多多的人曾是一种很高级的幸福，是精神的奢侈。

——《爱读的人们》

外边的世界既然比内心之"世界"更精彩,

人心怎能佯装不知?

人眼又怎能不经常望向窗外?

——《眼为什么望向窗外?》

论　温　馨

　　那夜失眠，依床而坐，将台灯罩压得更低，吸一支烟，于万籁俱寂中细细筛我的人生，看有无温馨之蕊风干在我的记忆中。

　　从小学二三年级起，母亲便为全家的生活去离家很远的工地上班。每天早上天未亮便悄悄地起床走了，往往在将近晚上八点时才回到家里。若冬季，那时天已完全黑了。比我年龄更小的弟弟妹妹都因天黑而害怕，我便冒着寒冷到小胡同口去迎母亲。从那儿可以望到马路。一眼望过去很远很远，不见车辆，不见行人。终于有一个人影出现，矮小，然而"肥胖"。那是身穿了工地上发的过膝的很厚的棉坎肩所致，像矮小却穿了笨重铠甲的古代兵卒。断定那便是母亲。在幽蓝清冽的路灯光辉下，母亲那么快地走着。她知道小儿女们还饿着，等着她回家胡乱做口吃的呢！

于是我跑着迎上去，边叫："妈！妈……"

如今回想起来，那远远望见的母亲的古怪身影，当时对我即是温馨。回想之际，觉得更是了。

小学四年级暑假中的一天，跟同学们到近郊去玩，采回了一大捆狗尾草。采那么多狗尾草干什么呢？采时是并不想的。反正同学们采，自己也跟着采，还暗暗竞赛似的一定要比别的同学采得多，认为总归是收获。母亲正巧闲着，于是用那一大捆狗尾草为弟弟妹妹们编小动物。转眼编成一只狗，转眼编成一只虎，转眼编成一头牛……她的儿女们属什么，她就先编什么。之后编成了十二生肖。再之后还编了大象、狮子和仙鹤、凤凰……母亲每编成一种，我们便赞叹一阵。于是母亲一向忧愁的脸上，难得地浮现出了微笑……

如今回想起来，母亲当时的微笑，对我即是温馨，对年龄更小的弟弟妹妹们也是。那些狗尾草编的小动物，插满了我们破家的各处。到了来年，草籽干硬脱落，才不得不一一丢弃。

我小学五年级时，母亲仍上着班，但那时我已学会了做饭。从前的年代，百姓家的一顿饭极为简单，无非贴饼子和煮粥。晚饭通常只是粥。用高粱米或苞谷楂子煮粥，很费心费时的。怎么也得两个小时后才能煮软。我每坐在炉前，借炉口映出的一小片火光，一边提防着粥别煮糊了一边看小人书。即使厨房很黑了也不开灯，为了省几度电钱……

如今回想起来，当时炉口映出的一小片火光，对我即是温馨。回想之际，觉得更是了。

由小人书联想到了小人书铺。我是那儿的熟客，尤其冬日去。倘积攒了五六分钱，坐在靠近小铁炉的条凳上，从容翻阅；且可闻炉上水壶嗞嗞作响，脸被水汽润得舒服极了，鞋子被炉壁烘得暖和极了；忘了时间，忘了地点；偶一抬头，见破椅上的老大爷低头打盹儿，而外边，雪花在土窗台上积了半尺高……

如今想来，那样的夜晚，那样的时候，那样的地方，相对于少年的我便是一个温馨的所在。回想之际，觉得更是了。

上了中学的我，于一个穷困的家庭而言，几乎已是全才了。抹墙、修火炕、砌炉子，样样活儿都拿得起，干得很是在行。几乎每一年春节前，都要将个破家里里外外粉刷一遍。今年墙上滚这一种图案，明年一定换一种图案，年年不重样。冬天粉刷屋子别提有多麻烦，再怎么注意，也还是会滴得哪哪都是粉浆点子。母亲和弟弟妹妹们撑不住就打盹儿，东倒西歪全睡了。只有我一个人还在细细地擦、擦、擦……连地板都擦出清晰的木纹了。第二天一早，母亲和弟弟妹妹们醒来，看看这儿，瞅瞅那儿，一切干干净净有条不紊；看得目瞪口呆……

如今想来，温馨在母亲和弟弟妹妹眼里，在我心里。他们眼里有种感动，我心里有种快乐。仿佛，感动是火苗，快乐是劈柴，于是家里温馨重重。尽管那时还没生火，屋子挺冷……

下乡了，每次探家，总是在深夜敲门。灯下，母亲的白发是一年比一年多了。从怀里掏出积攒了三十几个月的钱无言地塞在母亲瘦小而粗糙的手里，或二百，或三百。三百的时候，当然是向知青战友们借了些的。那年月，二三百元，多大一笔钱啊！母亲将头一扭，眼泪就下来了……

　　如今想来，当时对于我，温馨在母亲的泪花里。为了让母亲过上不必借钱花的日子，再远的地方我都心甘情愿地去，什么苦都算不上是苦。母亲用她的泪花告诉我，她完全明白她这一个儿子的想法。我心使母亲的心温馨，母亲的泪花使我心温馨……

　　参加工作了，将老父亲从哈尔滨接到了北京。十四年来的一间筒子楼宿舍，里里外外被老父亲收拾得一尘不染。经常地，傍晚，我在家里写作，老父亲将儿子从托儿所接回来了。听父亲用浓重的山东口音教儿子数楼阶："一、二、三……"所有在走廊里做饭的邻居听了都笑，我在屋里也不由得停笔一笑。那是老父亲在替我对儿子进行学前智力开发，全部成果是使儿子能从一数到了十。

　　父亲常慈爱地望着自己的孙子说："几辈人的福都让他一个人享了啊！"

　　其实呢，我的儿子，只不过出生在筒子楼，渐渐长大在筒子楼。

　　有天下午我从办公室回家取一本书，见我的父亲和我的儿子相依相偎睡在床上，我儿子的一只小手紧紧揪住我父亲的胡子（那时我父亲的胡子蓄得蛮长）——他怕自己睡着了，爷爷离开他不知到哪儿去了……

　　那情形给我留下极为温馨的印象；还有我老父亲教我儿子数楼阶的语调，以及他关于"福"的那一句话。

　　后来父亲患了癌症，而我又不能不为厂里修改一部剧本，我将一张小小的桌子从阳台搬到了父亲床边，目光稍一转移，就能看到父亲仰躺着的苍白的脸。而父亲微微一睁眼，就能看到我，和他对面养了十几条美丽金鱼的大鱼缸。这是在父亲不能起床后我为他买的。十月的阳光照耀着我，照耀着父亲。他已知自己将不久于世，然只要我在身旁，他脸上必呈现着淡对生死的镇定和对儿子的信赖。一天下午一点多我突觉心慌极了，放下笔说："爸，我得陪您躺一会儿。"尽管旁边有备我躺的钢丝床，我却紧挨着老父亲躺了下去。并且，本能地握住了父亲的一只手。五六分钟后，我几乎睡着了，而父亲悄然而逝……

如今想来，当年那五六分钟，乃是我一生体会到的最大的温馨。感谢上苍，它启示我那么亲密地与老父亲躺在一起，并且握着父亲的手。我一再地回忆，不记得此前也曾和父亲那么亲密地躺在一起过；更不记得此前曾在五六分钟内轻轻握着父亲的手不放过。真的感谢上苍啊，它使我们父子的诀别成了我内心里刻骨铭心的温馨……

后来我又一次将母亲接到了北京，而母亲也病着了。邻居告诉我，每天我去上班，母亲必站在阳台上，脸贴着玻璃望我，直到无法望见为止。我不信，有天在外边抬头一看，老母亲果然在那样地望我。母亲弥留之际，我企图嘴对着嘴，将她喉间的痰吸出来。母亲忽然苏醒了，以为她的儿子在吻别她。母亲她的双手，一下子紧紧搂住了我的头。搂得那么紧那么紧。于是我将脸乖乖地偎向母亲的脸，闭上眼睛，任泪水默默地流。

如今想来，当时我的心悲伤得都快要碎了。所以并没有碎，是由于有温馨粘住了啊！在我的人生中，只记得母亲那么亲爱过我一次，在她的儿子快五十岁的时候。

现在，我的儿子也已大三了。有次我在家里，无意中听到了他与他的同学的交谈：

"你老爸对你好吗?"

"好啊。"

"怎么好法?"

"我小时候他总给我讲故事。"

其实,儿子小时候,我并未"总给"他讲故事。只给他讲过几次,而且一向是同一个自编的没结尾的故事。也一向是同一种讲法——该睡时,关了灯,将他搂在身旁,用被子连我自己的头一起罩住,口出异声:"呜……荒郊野外,好大的雪,好大的风,好黑的夜啊!冷呀!呱嗒、呱嗒……爪子落在冰上的声音……大怪兽来了,它嗅到我们的气味了,它要来吃我们了……"

儿子那时就屏息敛气,缩在我怀里一动也不敢动。幼儿园老师觉得儿子太胆小,一问方知缘故,曾郑重又严肃地批评我:"你一位著名作家,原来专给儿子讲那种故事啊!"

孰料,竟在儿子那儿,变成了我对他"好"的一种记忆。于是不禁地想,再过若干年,我彻底老了,儿子成年了,也会是一种关于父亲的温馨的回忆吗?尽管我给他的父爱委实太少,但却同一切似我的父亲们一样抱有一种奢望,那就是——将来我的儿子回忆起我时,或可叫做"温馨"的情愫多于"呜……呱嗒、呱嗒"。

某人家乔迁,新居四壁涂暖色漆料,贺者曰:"温馨。"

年轻夫妻终于拥有了自己的小家,他们最在乎的定是卧室的装修和布置,从床、沙发的样式到窗帘的花色,无不精心挑选,乃为使小小的私密环境呈现温馨。

少女终于在家庭中分配到了属于自己的房间,也许很小很小,才七八平米，摆入了她的小床和写字桌再无回旋之地；然而几天以后你看吧，它将变得每一个角落都充满了温馨。

新房大抵总是温馨的。倘一对新人恩爱无限，别人会感到连床边的两双拖鞋都含情脉脉的；吸一下鼻子，仿佛连空气中都飘浮着温馨。反之，若同床异梦，貌合神离，那么新房的此处或彼处，总之必有一处地方的一样什么东西向他人暗示，其实反映在人眼里的温馨是假的。

在商业时代，温馨是广告语中频频出现的词汇之一。我曾见过如下广告：

"饮××酒吧，它能使你的人生顿变温馨。"

我想，那大约只能是对斯文的醉君子而言，若是酒鬼又醉了，顿时感到的一定是他的人生的另一种滋味。

我想，温馨一定是有共性前提的。首先它只能存在于较小的空间。世界上的任何宫殿都不可能是温馨的，但宫殿的某一房间却会是温馨的。最天才的设计大师也不能将某展览馆搞成一处温馨的所在；而最普通的女人，仅用旧报纸、窗花和一条床单、几个相框，就足以将一间草顶泥屋收拾得温馨慰人；在一辆"奔驰"车内放一排布娃娃给人的印象是怪怪的，而有次我看见一辆"奥拓"车内那样，却使我联想到了少女的房间。其次温馨它一定是同暖色调相关的一种环境。一切冷色调都会彻底改变它，而一切艳颜丽色也将使温馨不再。那时它或者转化为浪漫，或者转化为它的反面，变成了浮媚和庸俗。温馨也当然的是与光线相关的一种环境。黑暗中没有温馨，亮亮堂堂的地方也与温馨二字无缘。所以几乎可以断言，盲人难解温馨何境。而温馨所需要的那一种光，是半明半暗的，是亦遮亦显的，是总该有晕的。温馨并不直接呈现在光里，而呈现在光的晕里。故刻意追求温馨的人，就现代的人而言，对灯的形状、瓦数和灯罩，都是有极讲究的要求的。

这样看来，离不开空间大小、色彩种类、光线明暗的温馨，往往是务须加以营造的效果了。人在那样的环境里，男的还要流露多情，女的还要尽显妩媚，似乎才能圆满了温馨。若无真心那样，作秀既是难免的，也简直是必要的。否则呢，岂不枉对于那不大不小的空间，那沉醉眼球的色彩，那幽晕迷人的灯光，那使人神经为之松弛的气氛了吗？

是的的的，我承认以上种种都是温馨，承认人性对它的需要就像我们的肉体需要性和维生素一样。

但我觉得，定有另类的一种温馨，它不是设计与布置的结果，不是刻意营造出来的。它储存在寻常人们所过的寻常的日子里，偶一闪现，转瞬即逝，溶解在寻常日子的交替中。它也许是老父亲某一时刻的目光；它也许曾浮现于老母亲变形了的嘴角；它也许是我们内心的一丝欣慰；甚至，可能与人们所追求的温馨恰恰相反，体现为某种忧郁、感伤和惆怅。

它虽溶解在日子里，却并没有消亡，而是在光阴和岁月中渐渐沉淀，等待我们不经意间又想起了它。

而当我们想起了它的时候，我们往往会对自己说——温馨吗？我知道那是什么！并且，顿感其他一概的温馨，似乎都显得没有多少意味了……

体验"残疾"

人类精神的可贵之点，体现在身残而志坚而心美而追求不息者身上，可贵的便尤其可贵，坚毅的便尤其坚毅，美好的便尤其美好，感人的便尤其感人了！

小阿姨从四川探亲归来后，患了严重的角膜炎。每天我为她滴三次眼药水。数日后我也被传染了。

我生平第一次被传染那么严重的眼病，终日流泪不止。两眼红肿得像樱桃，不能看，不能写。睁着疼得厉害，闭着又等于是处在失明的状态。历时近一个月才渐愈。那近一个月的日子里我几乎没出过门。几乎每一天都这样想过——假如我是一个盲人我将怎样生活？我将以什么样的态度对待生活对待自己？假如我天生就是一个盲人呢？假如我由于什么不幸变成了一个盲人呢？

我竟不敢肯定，我将会以乐观的精神活着。更不敢想象，我能够战胜黑暗，自食其力……

　　有一次我的手指在做家务时弄破了，接着便感染了。于是敷了药，包扎上了。于是不敢再沾水。洗脸时用一只手。做一切事情也只能用一只手。于是我体验到了一个人如果失去了一只手是多么地不方便。我不止一次地问自己，如果我真的失去了一只手，而且恰恰是握惯了笔的右手的话，我有毅力用左手握笔用左手写作么？

　　我不敢想象下去……

　　患了严重的颈椎病以后，写作要靠一个竖立在面前的架子了。这当然影响写作的进度，甚至也影响质量。于是我联想到了奥斯特洛夫斯基。他是一个失明的瘫痪人。他每天不但处在黑暗之中，身体难动一动，而且还要忍受着其他种种伤痛病痛。但他恰恰是在那样的情况下，写出了曾影响中国几代人的《钢铁是怎样炼成的》《暴风雨所诞生的》。我只不过患了颈椎病，与他比起来，颈椎病简直什么病都不算啊！如果我是他，我还有毅力写作么？如果我是他，凝聚着全部活着的积极意义的手稿丢失以后，我还能从零开始么？……

　　一个毫无残疾的人，其实是很难体验残疾对于生命活力造成的巨大破坏性的。不错，我相信，几乎每一个人都曾像我一样，设想过自己假如也是一个残疾人。但也不过就是偶作设想罢了。在做那样的设想时，我们会感到自己好幸运，甚至会暂时地从头脑中排除许多健全人的烦恼，觉得自己生为一个健全的人，实在是一种幸福。如此而已，仅此而已。是的，因为我们事实上并不残疾，我们是很难真正体会到残疾人的内心世界的。在他们的内心世界里，自尊、自强、自信、坚韧不拔的毅力和百折不挠的精神，有时候是更加体现得令我们健全人自愧弗如肃然起敬的。

世界上有些事情，是十分艰难的事情，是健全人要付出极大的努力才能做成功的事情。这些事情由残疾人做成功了，意义就非同一般了。因为残疾人选择这些艰难的事情去做，往往与功利二字无关，往往更是出于对残疾的挑战。在挑战的过程中，人类战胜艰难的能力，以及必胜的恒心，恰是被残疾人，而不是被我们这些体魄健全的人弘扬到了至高境界。我们感动于此，往往也惭愧于此。

但是，钦敬之余，我还是宁愿冷静地认为——残疾首先对人是最无奈最可悲的不幸。

故我常常祈祝世界医学的飞速发展，使许多先天的残疾人，在后天都能得到完善为体魄健全的人的可能性。

我祈祝我国经济的飞速发展，只有在一个经济相当发达的国家，我们的残疾兄弟和残疾姐妹，才能获得社会的温暖的关怀和周到的照顾。

我祈祝灾难在世界上发生得越来越少。因为每一次灾难过后，都会留下一批不幸的变成了终身残疾的人。

我非常憎恨那些由健全人的失职、渎职乃至歹毒心理造成的恶性事故。在中国，这类事故近年越来越多了。断送许多生命的同时，也造成了一批又一批人的终身残疾。

我认为这是健全人所犯的最当诛难赦的罪恶之一种。减少这一种健全人所犯的罪恶，必须从法的严正立场出发，加强惩办的力度。

的确，在这个似乎金钱万能的时代，在这个到处充满了拜金主义思潮的时代，时时有健全的人，为了少花自己的钱，为了多赚别人的钱，而视同胞的生命如儿戏。他们的贪婪的代价，往往是别的许多人的眼、耳、手、足、臂、腿，乃至生命。这连想一想都是多么令人憎恨。然而这类令人憎恨的，有时完全是人为的灾难性事故，几乎每一年都不断发生着。数量有增无减。

在一个贪婪的时代，残疾人不但将是不幸的，而且将是孤独无援的。所幸中国有"残联"，所幸全社会和国家都在关心着"残联"。"残联"的存在，给了中国的残疾人们一个特殊的家。最后，我衷心祈祝这一个特殊的社会性家庭中的成员，不是越来越多，而是越来越少……

被围观的感觉

在我家的前面，跨过小街，便可登上元大都的断垣残址。翻过去，便是一条小河。名字很雅、很美，叫"小月河"。河边每天有早市。

我因常年患失眠症，难得有一天起得早。偶尔起得早，便去逛早市。早市很热闹。尤其从五月至十月，熙熙攘攘的，卖什么的都有。除了可以买到蔬菜、瓜果、早点，还可以买到花、鸟、鱼、猫和狗。

早市上还有理发的，我常在早市上理发。半个多小时，坐在一只高脚凳上，望着早市的热闹，发也便理了，节省了时间……有一天我又在早市上理发，理发师傅是位退了休的妇女。她问我："你脖子怎么老往左边歪啊？"我说肩颈有毛病。又问："信推拿疗法么？"我说信啊。再问："信气功吗？"我说也是信的。她便说："理完发，我为你推拿推拿。我会气功。不是一般的推拿，是带功的推拿。"我说：

"一次得多少钱？"她说："先不必言钱。如果你觉得见效，就看着给。"其实，我是怕带的钱不够，拿不出手。理完发，我付了钱，刚欲离开，她有些急了："哎，咱们刚才不是说好了，你已经同意我为你推拿推拿的么？"我见人家一片虔诚，唯恐当众坚辞拒绝会伤人家的自尊心，便重新坐在椅子上。心想，有人愿帮我减轻痛苦，何乐而不为呢？于是她运了运气，开始推拿。一会儿，她要求道："你得把背心脱了。"我犹豫了，说："那不就光着上身了吗？"

她说："你这么大的男人了，还没光过上身吗？治病么，怕什么？"

我说："在这种地方，太不雅了吧？"

她说："快脱吧，什么雅不雅的，没人会站下看你。"如果我态度坚决，自然可以立即起身便走。但那样做，分明的，会使人家陷于窘地的。于是我违心地脱了背心。

结果呢，我就成了那一天早市上的一景。她说的不对，不是没人会站下看我。恰恰相反，几乎每一个经过的人，都驻足看。当然，也不完全是看我，也许更是为看她。总之，我们俩配合起来，仿佛是一对卖艺的。理发师傅，俨然是一位大气功师。几分钟后，早市的路口竟为之堵塞。她口中嗨嗨连声，表演得很投入。一会儿，她落汗了，汗滴在我的赤背上。我暗想，驻足观看的人越多，她心里肯定越高兴吧，因为，她也是在为自己创牌子呀！……

"你把身子转过来！"开始我是面向小河，背朝观众的。心里虽然很窘，但后背不长眼睛，还勉强可以装得若无其事。我没听她的。"把身子转过来！"汗珠又滴落在我的赤背上。我仍装聋。围观者中有人说："嗨，叫你把身转过来呢！"装聋是不行了。到了这时刻，也只有任人摆布。我将前胸转向了围观者们——哇，竟围了四五十人！男女老少都有，大姑娘小媳妇占了半数。她们是最爱逛早市的嘛！她们仿佛是在小剧场里看话剧似的。"抬头！别低着头！……"我真是羞臊极了，抬头的同时，闭上了眼睛……

"这个男人，真瘦得可怜！""嘻嘻，你可怜人家啦？""去你的！"是两个年轻女性的窃窃私议。

"那坐着的，说不定是'托儿'吧？""我看像是。不是'托儿'，谁会光了膀子在这种地方奉献自己……"是两个男人的声音。

我想，那理发师傅，或曰气功师傅，肯定也是听到了的。但和我比起来，她当然不甚在乎……

"嗨！嗨！嗨！……"

她叫得更亮了。

还问："怎么样？脖子灵活些了么？"

我恨不得马上结束，连连说："灵活多了灵活多了！"

"胳膊呢？……"

"也灵活多了！"

"没有真功夫，也不在这儿亮相！哪位同志要也有什么肩周炎、颈椎病、腰酸腿疼的，处理完了这一位，信得过我，就请坐……"

我足足被围观了二十多分钟。是经我一再请求，才宣告结束的。在她，大概希望时间长一些，我会多给些钱吧？而我兜里只带了十元钱，全给她了。她没认为多，可也没表示少。望着她挂着汗珠的脸，我觉得，她也毕竟为我活动了二十多分钟筋骨。就算她不会气功，也应该认为她是靠"诚实的劳动"挣了我十元钱。而且，脖子和肩，经人大大地活动一番，就是灵活多了，痛苦也自觉少了些……

　　我从小长到四十四岁，被围观的经历并不多。那一次，给我留下了很深的体会。我想，一个人活在世上，少则活五六十年，多则活七八十年，大约总难免是要被人围观几次的吧。有些被围观的经历，尽管不是面对面的，但人若被置于那么一种社会境地，感受和我肯定是一样的。于是我进而联想到了"文革"，毕竟，我没有被剃鬼头，涂鬼脸，戴高帽，挂牌子，游街……设身处地，我真的很敬佩当年经历过并忍受过来了的人们。对于没有忍受过来，以死自行"结束"的人们，顿时充满了更深层次的理解和同情……

　　无论大小，人是要有一些特殊体会的。有特殊体会，才有特殊感受。才会对别人，多几分理解，多几分仁义啊！

心灵的花园

谁不希望拥有一个小小花园？哪怕是一丈之地呢！若有，当代人定会以木栅围起。那木栅，我想也定会以个人的条件和意愿，摆弄得尽可能的美观。然后在春季撒下花种，或者移栽花秧。于是，企盼着自己喜爱的花儿，日日地生长、吐蕾，在夏季里姹紫嫣红开成一片。虽在秋季里凋零却并不忧伤。仔细收下了花籽儿，待来年再种，相信花儿能开得更美……

真的，谁不曾怀有过这样的梦想呢？

都市寸土千金，地价炒得越来越高。拥有一个小小花园的希望，对寻常之辈不啻是一种奢望，一种梦想。

我想，其实谁都有一个小小花园，谁都是有苗圃之地的，这便是我们的内心世界。人的智力需要开发，人的内心世界也是需要开发的。人和动物的区别，除了众所周知的诸多方面，恐怕还在于人有内心世界。心不过是人的一个重要脏器，而内心世界是一种景观，它是由外部世界不断地作用于内心渐渐形成的。每个人都无比关注自己及至亲至爱之人心脏的健损，以至于稍有微疾便惶惶不可终日。但并非每个人都关注自己及至亲至爱之人的内心世界的阴晴，己所无视，遑论他人？

我常"侍弄"我心灵的苗圃。身已不健，心倘尤秽，又岂能活得好些？职业的缘故，使我惯对自己和他人的心灵予以研究。结论是——心灵，亦即我所言内心世界，是与人的身体健康同样重要的。故保健专家和学者们开口必言的一句话，不仅仅是"身体健康"，而且是"身心健康"。

我爱我的儿子梁爽。他读小学，这正是一个人的内心世界开始形成的年龄。我也常教他学会如何"侍弄"他那小小心灵的苗圃。"侍弄"这个词，用在此处是很勉强的，不那么贴切，姑且借用之吧！意思无非是——人自己的内心世界如果自己惰于拂拭，是会浮尘厚积、杂草丛生的。也许有人联系到禅家的一桩"公案"——"时时勤拂拭，莫使惹尘埃"之说的"俗"和"心中无一物，何处惹尘埃"之说的"彻悟"。

我系俗人，仅能以俗人的观念和方式教子。至于禅家乃至禅祖们的某些玄言，我一向是抱大不恭的轻慢态度的。认为除了诡辩技巧的机智，没什么真的"深奥"。现代人中，我不曾结识过一个内心完全"虚空"的。满口"虚空"，实际上内心物欲充盈、名利不忘的，倒是大有人在。何况我又不想让我的儿子将来出家，做什么云游高僧。故我对儿子首先的教诲是——人的内心世界，或言人的心灵，大概是最容易招惹尘埃、沾染污垢的，"时时勤拂拭"也无济于事。心灵的清洁卫生只能是相对的，好比人的居处的清洁卫生只能是相对的。而根本不拂拭，甚至不高兴别人指出尘埃和污垢，则是大不可取的态度，好比病人讳疾忌医。

　　一次儿子放学回到家里，进屋就说："爸爸，今天同学的红领巾被老师收去了！"我问为什么。儿子回答："犯错误了呗！把老师气坏了！"那同学是他好朋友，但却有些日子不到家里来玩儿了。我依稀记得他讲过，似乎老师要在他们两者之间选拔一名班干部。我又问："你高兴？"他怔怔地瞪着我。我将他召至跟前，推心置腹地问："跟爸爸说实话，你是不是因此而高兴？"他便诚实地回答："有点儿。"我说："你学过一个词，叫'幸灾乐祸'，你能正确解释这个词吗？"他说："别人遭到灾祸时自己心里高兴。"我说："对。当然，红领巾被老师收去了，还算不得什么灾。但是，你心里已有了这种'幸灾乐祸'的根苗，那么你哪一天听说他生病了、住院了，甚至生命有危险了，说不定你内心里也会暗暗地高兴。"儿子的目光告诉我，他不相信自己会那样。我又说："为什么他的红领巾被老师收去了，你会高兴呢？让爸爸替你分析分析，你想一想对不对？——如果你们老师并不打算在你们两个之间选拔一名班干部，你倒未必幸灾乐祸。如果你心里清楚，老师最终选拔的肯定是你，你也未必幸灾乐祸。你之所以幸灾乐祸，是因为自己感到，他和你被选拔的可能性是相等的，甚至他被选拔的可能性更大些。于是你才因为他犯了错误，惹老师生气了而高兴。你觉得，这么一来，他被选拔的可能性缩小，你自己被选拔的可能性就增大了。你内心里这一种幸灾乐祸的想法，完全是由嫉妒产生的。你看，嫉妒心理多丑恶呀，它竟使人对朋友也幸灾乐祸！"

儿子低下了头。

我接着说："如果他并没犯错误，而老师最终选拔他当了班干部，你现在的幸灾乐祸，就可能变成一种内心里的愤恨了。那就叫嫉妒的愤恨。人心里一旦怀有这一种嫉妒的愤恨，就会进一步干出不计后果、危害别人、危害社会的事，最后就只有自食恶果。一切怀有嫉妒的愤恨的人，最终只有那样一个下场……"

接着我给他讲了两件事——有两个女孩儿，她们原本是好朋友，又都是从小学芭蕾的。一次，老师要从她们两人中间选一个主角。其中一个，认为肯定是自己，应该是自己，可老师偏偏选了另一个。于是，她就在演出的头一天晚上，将她好朋友的舞裙，剪成了一片片。另外有两个女孩儿，是一对小杂技演员。一个是"尖子"，也就是被托举起来的。另一个是"底座"，也就是将对方托举起来的。她们的演出几乎场场获得热烈的掌声。可那个"底座"不知为什么，内心里怀上了嫉妒，总是莫名其妙地觉得，掌声是为"尖子"一个人鼓的。她觉得不公平。日复一日地，那一种暗暗的嫉妒，就变成了嫉妒的愤恨。她总是盼望着她的"尖子"出点儿什么不幸才好。终于有一天，她故意失手，制造了一场不幸，使她的"尖子"在演出时当场摔成重伤……

最后我对儿子讲，如果那两个因嫉妒而干伤害别人之事的女孩儿，不是小孩儿是大人，那么她们的行为就是犯罪行为了……

儿子问："大人也嫉妒吗？"

　　我说大人尤其嫉妒。一旦嫉妒起来尤其厉害，甚至会因嫉妒杀人放火干种种坏事。也有因嫉妒太久，又没机会对被嫉妒的人下手而自杀的……

　　我说，凡那样的大人，皆因从小的时候开始，就让嫉妒这颗种子，在心灵里深深扎了根。他们的内心世界，不是花园，不是苗圃，而是荆棘密布的乱石岗……

　　儿子问："爸爸你也嫉妒过吗？"

　　我说我当然也嫉妒过，直到现在还时常嫉妒比自己幸运比自己优越比自己强的人。我说人嫉妒人是没有办法的事。从伟大的人到普通的人，都有嫉妒之心。没产生过嫉妒心的人是根本没有的。

　　儿子问："那怎么办呢？"

　　我说，第一，要明白嫉妒是丑恶的，是邪恶的。嫉妒和羡慕还不一样。羡慕一般不产生危害性，而嫉妒是对他人和社会具有危害性和危险性的。第二，要明白，不可能一切所谓好事，好的机会，都会理所当然地降临在你自己头上。当降临在别人头上时，你应对自己说，我的机会和幸运可能在下一次。而且，有些事情并不重要。比如对于一个小学生来说，当上当不上班干部，并不说明什么。好好学习，才是首要的……

　　儿子虽然只有十几岁，但我经常同他谈心灵。不是什么谈心，而是谈心灵问题。谈嫉妒、谈仇恨、谈自卑、谈虚荣、谈善良、谈友情、谈正直、谈宽容……

　　不要以为那都是些大人们的话题。十几岁的孩子能懂这些方面的道理了。该懂了。而且，从我儿子，我认为，他们也很希望懂。我认为，这一切和人的内心世界有关的现象，将来也必和一个人的幸福与否有关。我愿我的儿子将来幸福，所以我提前告诉他这些……

邻居们都很喜欢我的儿子，认为他是个"懂事"的好孩子。同学们跟他也都很友好，觉得和他在一起高兴、愉快。

我因此而高兴，而愉快。

我知道，一个心灵的小花园，"侍弄"得开始美好起来了……

眼为什么望向窗外?

无窗，不能说是房子，或屋子。确是，也往往会被形容为"黑匣子般的"……

"窗"是一个象形汉字。古代通"囱"，只不过是孔的意思。后来，因要区别于烟囱，逐渐固定成现在的写法。从象形的角度看，"囱"被置于"穴"下，分明已不仅仅是透光通风之孔，而且有了提升房或屋也就是家的审美的意味。

若一间屋，不论大小，即使内装修再讲究，家私再高级，其窗却布满灰尘，透明度被严重阻碍了，那也还是会令主人感觉差劲，帝宫王室也不例外。"窗明几净"虽然起初是一个因果关系词，但一经用以形容屋之清洁，遂成一个首选词汇。也就是说，当我们强调屋之清洁时，脑区的第一反应是"窗明"。这一反应，体现着人性对事物要项的本能重视。

冬天过去了，春天来了，在北方，不论城市里还是农村里的人家，不论穷还是富，都做的一件事就是去封条、擦窗子。如果哪一户人家竟没那么做，肯定是不正常的。别人往往会议论——瞧那户人家，懒成啥样了？窗子脏一冬天了都不擦一擦！或——唉，那家人愁得连窗子都没心思擦了！而在南方，勤劳的人家，其窗更是一年四季经常要擦的。

从前的学生，一升入四年级，大抵就开始在老师的指导下学着擦净教室的每一扇窗了。那是需要特别认真之态度的事，每由老师指定细心的女生来完成。男生，通常则只不过充当女生的助手。那些细心的女生哟，用手绢包着指尖，对每一块玻璃反复地擦啊擦啊，一边擦还一边往玻璃上哈气，仿佛要将玻璃擦薄似的。而各年级各班级进行教室卫生评比，得分失分，窗子擦得怎样是首要的评比项目。

"要先擦边角！"——有经验的大人，往往那么指导孩子。

因为边角藏污纳垢，难擦，费时，擦到擦净不容易；所以常被马虎过去，甚而被成心对付过去。

随着建筑成为一门学科，窗在建筑学中的审美性更加突出，更加受到设计者的重视。古今中外，一向如此。简直可以说，忽略了对窗的设计匠心，建筑成不了一门艺术。

黑夜过去了，白天开始了，人们起床后的第一件事大抵是拉开窗帘。在气象预告方式不快捷也不够准确的年代，那一举动也意味着一种心理本能——要亲眼看一看天气如何？倘又是一个好天气，人的心境会为之一悦。

宅屋有窗，不仅为了通风，还为了便于一望。古今中外，人们建房购房时，对窗的朝向是极在乎的。人既希望透过窗望得广，望得远，还希望透过窗望到美好的景象。

"窗含西岭千秋雪"——室有此窗，不能不说每日都在享着眼福。

"罗汉松掩花里路，美人蕉映雨中棂"——这样的时光，凭窗之人，如画中人也。不是神仙，亦近乎神仙了。

"双双瓦雀行书案，点点杨花入砚池。闲坐小窗读《周易》，不知春去几时多"——如此这般的凭窗闲坐，是多么惬意的时光呢！

人都是在户内和户外交替生活着的动物。人之所以是高级的动物，乃因谁也不愿在户内度过一生。故，窗是人性的一种高级需要。

人心情好时，会身不由己地站在窗前望向外边。心情不好时，甚至尤其会那样。人冥想时喜欢望向窗外，忧思时也喜欢望向窗外。连无所事事心静如水时，都喜欢傻呆呆地坐在窗前望向外边。老人喜欢那样；小孩子喜欢那样；父母喜欢怀抱着娃娃那样；相爱的人喜欢彼此依偎着那样；学子喜欢靠窗的课位；住院患者喜欢靠窗的床位；列车、飞机、轮船、公共汽车靠窗的位置，一向是许多人所青睐的。

一言以蔽之，人眼之那么地喜欢望窗外，何以？窗外有"外边"耳。

对于人，世界是由两部分组成的。内心的一部分和外界的一部分。人对外界的感知越丰富，人的内心世界也便越豁达。通常情况下，大抵如此，反之，人心就渐渐地自闭了。而我们都知道，自闭是一种心理方面的病。

对于人，没有了"外边"，生命的价值也就降低了，低得连禽兽都不如了。试想，如果人一生下来，便被关在无窗无门的黑屋子里，纵然有门，却禁止出去，那么一个人和一条虫的生命有什么区别呢？即使每天供给着美食琼浆，那也不过如同一条寄生在奶油面包里的虫罢了。即使活一千年一万年，那也不过是一条千年虫万年虫。

连监狱也有小窗。

那铁条坚铸的囚窗，体现着人对罪人的人道主义。囚窗外冰凉的水泥台上悠然落下一只鸽子，或一只蜻蜓；甚或，一只小小的甲虫——永远是电影或电视剧中令人心尖一疼的镜头。被囚的如果竟是好人，我们泪难禁也。业内人士每将那样的画面曰之为"煽情镜头"，但是他们忘了接着问一下自己，为什么类似的画面一再出现在电影或电视剧中，却仍有许多人的情绪那么容易被煽动得戚然？

无它。

普遍的人性感触而已。

在那一时刻，鸽子、蜻蜓、甲虫以及一片落叶、一瓣残花什么的，它们代表着"外边"，象征着所有"外边"的信息。

当一个人与"外边"的关系被完全隔绝了，对于人是非常糟糕的境况。虽然不像酷刑那般可怕，却肯定像失明失聪一样可悲。

据说，有的国家曾以此种方式惩罚罪犯或所谓"罪犯"——将其关入一间屋子；屋子的四壁、天花板、地板都是雪白的，或墨黑的。并且，是橡胶的，绝光、绝音。每日的饭和水，却是按时定量供给的。但尽管如此，短则月余，长则数月，十之七八的人也就疯掉了或快疯掉了……

某次我乘晚间列车去别的城市，翌日九点抵达终点站，才六点多钟，卧铺车厢过道的每一窗前都已站着人了。而那是T字头特快列车，窗外飞奔而掠过的树木连成一道绿墙，列车似从狭长的绿色通道驶过。除了向后迅移的绿墙，其实看不到另外的什么。

　　然而那些人久久地伫立窗前，谁站累了，进入卧室去了，窗前的位置立刻被他人占据。进入卧室的，目光依然望向窗外，尽管窗外只不过仍是向后迅移的绿墙。我的回忆告诉我，那情形，是列车上司空见惯的……

　　天亮了，人的第一反应是望向窗外，急切地也罢，习惯地也罢，都是源于人性本能。好比小海龟一破壳就本能地朝大海的方向爬去。

　　就一般人而言，眼睛看不到"外边"的时间，如果超过了一夜那么长，肯定情绪会烦躁起来的吧？而监狱之所以留有囚窗，其实是怕犯人集体发狂。日二十四时，夜仅八时，实在是"上苍"对人类的眷爱啊。如果忽然反过来，三分之二的时间成了夜晚，大多数人会神经错乱的吧？

　　眼为什么望向窗外？

　　因为心智想要达到比视野更宽广的地方。虽非人人有此自觉，但几乎人人有此本能。连此本能也无之人，是退化了的人。退化了的人，便谈不上所谓内省。

　　窗外是"外边"；外国是"外边"；宇宙也是"外边"。在列车上，"外边"是移动的大地；在飞机上，"外边"是天际天穹；在客轮上，"外边"是蓝色海洋……

　　人贵有自知之明，所以只能形容内心世界像大地、像海洋、像天空一样丰富多彩，"像"其意是差不多少。很少有什么人的内心世界被形容得比大地、比海洋、比天空"更"怎样。

　　外边的世界既然比内心之"世界"更精彩，人心怎能佯装不知？人眼又怎能不经常望向窗外？……

埃菲尔铁塔之断想

　　友人自法国访问归来，送我一件小工艺品——埃菲尔铁塔。

　　众所周知，埃菲尔铁塔是如中国的长城一样举世闻名的。并且如长城象征着中国一样，它象征着法国。

　　但是，未必有许多人知道——埃菲尔铁塔曾被拍卖过。然而这又是真的。

　　拍卖埃菲尔铁塔的骗子名叫维克托·吕斯蒂。1925年他三十五岁，举止儒雅，气质高贵，是位无可争议的美男子。他住在大饭店豪华的套间里，连日来神色忧愁，为自己钱财的状况所苦恼。

　　维克托·吕斯蒂来到法国，是为了潇洒地挥霍他在大西洋彼岸骗到的钱。这个从二十岁起开始行骗而又能逍遥法外的骗子，有一条宝贵的"职业经验"——那就是将受骗者置于可笑的甚至丢人献丑的境地，以至于使他们连告发都不能。尽管他行骗有术，巴黎的豪华饭店、纸醉金迷的夜总会、漂亮的女人对他来说都仿佛是专吞钱币的怪兽。他愁眉不展正是因为他的钱袋空了，潇洒挥霍的好时光该跟他说"拜拜"了……

《每日晚报》上的一条消息引起了他的注意——"巴黎能支付埃菲尔铁塔修理费吗？"文章的笔者最后归结出一句俏皮话是"埃菲尔铁塔难道将不得不被卖掉吗"……

于是几天内，法国最大的五个废钢铁商，同时聚集在那家大饭店，被巴黎市政府的一位最像官员的官员所召见——他向他们出示了几页印有官方笺头的公文纸。那几页纸证明了他的特殊身份——市长亲自委任的拍卖埃菲尔铁塔的全权仲裁者。他对他们说话的口吻十分高傲："先生们，我应共和国总统和内阁总理的要求，和你们进行一项特殊的交易：埃菲尔铁塔将作为九千吨废钢铁，拍卖给出价最高的人。这一个赚大钱的机会，属于你们五位先生之中的一位。"

于是几天内，五位贪婪的废钢铁商对埃菲尔铁塔进行了"史无前例"的考查。就像马贩子在马市上仔细地端详一匹马。大骗子分别会晤了五位废钢铁商，将埃菲尔铁塔卖了五次，从中索取了五次回扣。五次回扣加在一起近百万法郎。在1925年，轻易到手的近百万法郎足以使一个人兴奋得发疯。当然，那位"拍卖埃菲尔铁塔的全权仲裁者"，也就是大骗子维克托·吕斯蒂并未发疯。他很快就从巴黎消失了。带着巨款，也带着对五位贪婪的废钢铁商的轻蔑。他断定受骗者们是绝不会报案的。因为那么一来，他们一个个也就成了全法国最愚蠢最可笑最丢人献丑的家伙了。事实如此，受骗者们由于感到羞耻而互相达成默契，共同对被骗一事守口如瓶。

十几年以后，大骗子因另一桩骗案东窗事发，埃菲尔铁塔诈骗行径才真相大白。在他的单身牢房的墙壁上，他用大头针钉了一张极普通的明信片。像千千万万的明信片一样：埃菲尔铁塔耸立在蓝天白云之间。在明信片下面，大骗子写了这样一行字——再次拍卖！

骗子也有骗子的"职业光荣"和"职业骄傲"。他梦想着"再度辉煌"，但却只不过是他的梦想罢了……

如今在法国依然可以见到那一种明信片。维克托·吕斯蒂行骗的宝贵"经验"，也如某种文化一样流传了下来——将受骗者置于愚蠢的、可笑的、荒唐而又丢人献丑的境地。

如今在中国，在我们周围，许多行骗和被骗事件的过程，依然如法国埃菲尔铁塔骗案一样容易得令人惊讶。看来，在一个充满贪欲的时代，骗人有时是极其简单的，不受诱惑不被骗不上当，反而需要更高的理性了……

望着摆在桌上那座小小的埃菲尔铁塔，我不禁想——中国，你有多少愚蠢的、可笑的、荒唐而又丢人献丑的事，像七十年前法国的埃菲尔铁塔骗案一样，由于某些人的甚至一群人的羞耻感，而掩盖着真相讳莫如深呢？又有多少维克托·吕斯蒂那样的狡猾又成功的骗子，不但逍遥法外，而且还自鸣得意，满怀着轻蔑心理呢？

被骗了，却又不能举报，而且明白，自己正遭到骗子的轻蔑，这是多么令人沮丧而又恼火的事啊！

倘这样的事，发生在骗子和个人之间，也就罢了。若发生在骗子和国家之间，就更具"黑色幽默"的意味儿了吧？

进而我想到了我们的长城，并且又杞人忧天起来——说不定哪一天，中国会爆出一条大新闻，发生桩什么"长城拍卖案"的吧？中国人，警惕维克托·吕斯蒂！……

种子的力量

当然，种子在未接触到土壤的时候，是没有任何力量可言的。尤其，种子仅仅是一粒或几粒的时候，简直那么的渺小，那么的微不足道，那么的不起眼，谁会将一粒或几粒种子的有无当回事呢？

我们吃的粮食，诸如大米、小米、苞谷、高粱……皆属农作物的种子；桃和杏的核儿，是果树的种子；柳树的种子裹在柳絮里，榆树的种子夹在榆钱儿里；榛树的种子就是我们吃的榛子，松树的种子就是我们吃的松子……都是常识。

据说，地球上的动物，包括人和家畜家禽类在内，哺乳类大约四五千种之多；仅蛇的种类就在两千种以上；鸟类一万五千余种；鱼类两万种以上。虫类是生物中最多的。草虫之类的原生虫类一万五千余种；毛虫之类四千余种；章鱼、墨鱼、文蛤等软体动物近十万种；虾和螃蟹等甲壳类节肢动物估计两万种左右；而我们常见的蜘蛛竟也有三万余种；蝴蝶的种类同样惊人的多……

那么植物究竟有多少种呢？分纲别类地一统计，想必其数字之大，也是足以令我们咂舌的吧？想必，有多少类植物，就应该有多少类植物的种子吧？

而我见过，并且能说出的种子，才二十几种，比我能连绰号说出的《水浒》人物还少半数。

像许多人一样，我对种子发生兴趣，首先由于它们的奇妙。比如蒲公英的种子居然能乘"伞"飞行；比如某些植物的种子带刺，是为了免得被鸟儿吃光，使种类的延续受到影响；而某类披绒的种子，又是为了容易随风飘到更远处，占据新的"领地"……关于种子的许多奇妙特点，听植物学家们细细道来，肯定是非常有趣的。

我对种子发生兴趣的第二方面，是它们顽强的生命力。它们怎么就那么善于生存呢？被鸟啄食下去了，被食草类动物吞食下去了，经过鸟兽的消化系统，随粪排出，相当一部分种子，居然仍是种子。只要落地，只要与土壤接触，只要是在春季，它们就"抓住机遇"，克服种种条件的恶劣性，生长为这样或那样的植物。有时错过了春季，它们也不沮丧，也不自暴自弃，而是本能地加快生长速度，争取到了秋季的时候，和别的许多种子一样，完成由一粒种子变成一棵植物进而结出更多种子的"使命"。请想想吧，黄山那棵"知名度"极高的"迎客松"，已经在崖畔生长了多少年了啊！当初，一粒松子怎么就落在那么险峻的地方了呢？自从它也能够结松子以后，黄山内又有多少松树会是它的"后代"呢？飞鸟会把它结下的松子最远衔到了何处呢？

我家附近有小园林。前几天散步，偶然发现有一蔓豆角秧，像牵牛花似的缠在一棵松树上。秧蔓和叶子是完全地枯干了。我驻足数了数，共结了七枚豆角。豆荚儿也枯干了。捏了捏，荚儿里的豆子，居然相当的饱满。在晚秋黄昏时分的阳光下，豆角静止地垂悬着，仿佛在企盼着人去摘。

在几十棵一片松林中，怎么竟会有这一蔓豆角秧完成了生长呢？

哦，倏忽间我想明白了——春季，在松林前边的几处地方，有农妇摆摊卖过粮豆……

为了验证我的联想，我摘下一枚豆角，剥开枯干的荚儿，果然有几颗带纹理的豆子呈现于我掌上。非是菜豆，正是粮豆啊！它们的纹理清晰而美观，使它们看去如一颗颗带纹理的玉石。

那些农妇中有谁会想到，春季里掉落在她摊床附近的一颗粮豆，在这儿会度过了由种子到植物的整整一生呢？是风将它吹刮来的？是鸟儿将它衔来的？是人的鞋在雨天将它和泥土一起带过来的？每一种可能都是前提。但前提的前提，乃因它毕竟是将会长成植物的种子啊！……

我将七枚豆荚都剥开了，将一把玉石般的豆子用手绢包好，揣入衣兜。我决定将它们带回交给传达室的朱师傅，请他在来年的春季，种于我们宿舍楼前的绿化地中。既是饱满的种子，为什么不给它们一种更加良好的、确保它们能生长为植物的条件呢？

大约是1984年，我们十几位作家在北戴河开笔会。集体散步时，有人突然指着叫道："瞧，那是一株什么植物呀？"——但见在一片蒿草中，有一株别样的植物，结下了几十颗红艳艳的圆溜溜的小豆子。红得是那么的抢眼，那么的赏心悦目。红得真真爱煞人啊！

内中有南方作家走近细看片刻，断定地说："是红豆！"

于是有诗人诗兴大发，吟"红豆生南国，春来发几枝"之句。

南方的相思红豆，怎么会生长到北戴河来了呢？而且，孤单单的仅仅一株，还生长于一片蒿草之间。显然，不是人栽种的。也不太可能是什么鸟儿衔着由南方飞至北方带来并且自空中丢下的吧？

年龄虽长、创作思维却最为活跃浪漫的天津作家林希兄，以充满遐想意味的目光望那艳艳的红豆良久，遂低头自语："真想为此株相思植物，写一篇纯情小说呢！"

众人皆促他立刻进入构思状态。

有一作家朋友欲采摘之，林希兄阻曰：不可。曰：愿君勿采撷，留作相思种。数年后，也许此处竟结结落落地生长出一片红豆，供人经过时驻足观赏，岂非北戴河又一道风景？

于是一同离开。林希兄边行边想，断断续续地虚构一则缠绵悱恻的爱情故事，直听得我等一行人肃静无声。可惜十几年后的今天，我已记不起来了，不能复述于此。亦不知他其后究竟写没写成一篇小说发表……

我是知青时，曾见过最为奇异的由种子变成树木的事。某年扑灭山火后，我们一些知青徒步返连。正行间，一名知青指着一棵老松嚷："怎么会那样！怎么会那样！"——众人驻足看时，见一株枯死了的老松的秃枝，遒劲地托举着一个圆桌面大的巢，显然是鹰巢无疑。那老松生长在山崖上，那鹰巢中，居然生长着一株柳树，树干碗口般粗，三米余高。如发的柳丝，繁茂倒垂，形成帷盖，罩着鹰巢。想那巢中即或有些微土壤，又怎么能维持一棵碗口般粗的柳树的根的拱扎呢？众人再细看时，却见那柳树的根是裸露的——粗粗细细地从巢中破围而出，似数不清的指，牢牢抓住着巢的四周。并且，延长下来，盘绕着枯死了的老松的干。柳树裸露的根，将柳树本身，将鹰巢，将老松，三位一体紧紧编结在一起。使那巢看上去非常的安全，不怕风吹雨打……

　　一粒种子，怎么会到鹰巢里去了呢？又怎么居然会长成碗口般粗的柳树呢？种子在巢中变成一棵嫩树苗后，老鹰和雏鹰，怎么竟没啄断它呢？

　　种子，它在大自然中创造了多么不可思议的现象啊！

　　我领教种子的力量，就是这以后的几件事。

　　第一件事是——大宿舍内的砖地，中央隆了起来，且在夏季里越隆越高。一天，我这名知青班长动员说："咱们把砖全都扒起，将砖下的地铲平后再铺上吧！"于是说干就干，砖扒起后发现，砖下嫩嫩的密密的，是生长着的麦芽！原来这老房子成为宿舍前，曾是麦种仓库。落在地上的种子，未被清扫便铺上了砖。对于每年收获几十万斤近百万斤麦子的人们，屋地的一层麦粒，谁会格外在惜呢？而正是那一层小小的、不起眼的麦种，不但在砖下发芽生长，而且将我们天天踩在上面的砖一块块顶得高高隆起，比周围的砖高出半尺左右……

　　第二件事是——有位老职工回原籍探家，请我住到他家替他看家。那是在春季，刚下过几场雨。他家灶间漏雨，雨滴顺墙淌入了一口粗糙的木箱里。我知那木箱里只不过装了满满一箱喂鸡喂猪的麦子，殊不在意。十几天后的深夜，一声闷响，如土地雷爆炸，将我从梦中惊醒。骇然地奔入灶间，但见那木箱被鼓散了几块板，箱盖也被鼓开，压在箱盖上的腌咸菜用的几块压缸石滚落地上，膨胀并且发出了长芽的麦子泻出箱外，在地上铺了厚厚一层……

于是我始信老人们的经验说法——谁如果打算生一缸豆芽，其实只泡半缸豆子足矣。万勿盖了缸盖，并在盖上压石头。谁如果不信这经验，膨胀的豆子鼓裂谁家的缸，是必然的。

我们兵团大面积耕种的经验是——种子入土，三天内须用拖拉机拉着石碾碾一遍，叫"镇压"。未经"镇压"的麦种，长势不旺。

人心也可视为一片土。

因而有词叫"心地"，或"心田"。

在这样那样的情况下，有这样那样的种子，或由我们自己，或由别人们，一粒粒播在我们的"心地"里了。可能是不经意间播下的，也可能是在我们自己非常清楚非常明白的情况下播下的。那种子可能是爱，也可能是恨；可能是善良的，也可能是憎恨的，甚至可能是邪恶的。比如强烈的贪婪和嫉妒，比如极端的自私和可怕的报复的种子……

播在"心地"里的一切的种子，皆会发芽，生长。它们的生长皆会形成一种力量。那力量必如麦种隆起铺地砖一样，使我们"心地"不平。甚至，会像发芽的麦种鼓破木箱，发芽的豆子鼓裂缸体一样，使人心遭到破坏。当然，这是指那些丑恶的甚至邪恶的种子。对于这样一些种子，"镇压"往往适得其反。因为它们一向比良好的种子在人心里长势更旺。自我"镇压"等于促长。某人表面看去并不恶，突然一日做下很恶的事，使我们闻听了呆如木鸡，往往便是由于自以为"镇压"得法，其实欺人欺己。

唯一行之有效的措施是，时时对于丑恶的邪恶的种子怀有恐惧之心。因为人当明白，丑陋的邪恶的种子一旦入了"心地"，而不及时从"心地"间掘除了，对于人心构成的危险是如癌细胞一样的。

首先是，人自己不要往"心地"里种下坏的种子；其次是，别人如果将一粒坏的种子播在我们心里了，那我们就得赶紧操起我们理性的锄头……

"人之性如水焉，置之圆则圆，置之方则方"——古人在理之言也。

人类测试出了真空的力量。

人类也测试出了蒸汽的动力。

并且，两种力都被人类所利用着。

可是，有谁测试过小小的种子生长的力量么？

什么样的一架显微镜，才能最真实地摄下好的种子或坏的种子在我们"心地"间生长的速度与过程呢？

没有之前，唯靠我们自己理性的显微倍数去发现……

"家"的絮语

即使旧巢倾毁了，燕子也要在那地方盘旋几圈才飞向别处——这是本能。即使家庭就要分化解体了，儿女也要回到家里看看再考虑自己去向何方——这是人性。恰恰相反的是，动物和禽类几乎从不在毁坏了巢穴的地方又筑新窝。而人几乎一定要在那样的地方重建家园……

"家"对人来说，是和"家乡"这个词连在一起的。

贺知章的名诗《回乡偶书》中有一句是"少小离家老大还"。遣词固然平实，吟读却令人回肠百结。当人的老家不复存在了，"家"便与"家乡"融为一体了。

在山林中与野兽历久周旋的猎人，疲惫地回到他所栖身的那个山洞，往草堆上一倒，许是要说一句——"总算到家了"吧?

云游天下的旅者，某夜投宿于陌栈野店，头往枕上一挨，许是要说一句——"总算到家了"吧？

即便不说，我想，他内心里也是定会有那份儿感觉的吧？一位当总经理的友人，有次邀我到乡下小住，一踏入农户的小院，竟情不自禁地说："总算到家了……"

他的话使我愕然良久。

切莫猜疑他们夫妻关系不佳，其实很好。

为什么，人会将一个山洞，一处野店，乃至别人的家，当成自己的"家"呢？

我思索了数日，终于恍然大悟——原来人除了自己的躯壳需要一个家而外，心里也需要一个"家"的。至于那究竟是一个怎样的所在，却因人而异了……

"家"的古字，是屋顶之下，有一口猪。猪是我们的祖先最早饲养的畜类，是针对最早的"家"而言的，是最早的财富的象征。足见在古人的观念中，财富之对于家，乃有相当重要的含义。

在当代，一个相当有趣的现实是——西方的某些富豪或高薪阶层，总是以和家人待在一起的时间的多少，来体会幸福的概念的。而我们中国的某些富豪和高薪阶层，总是要把时间大量地耗费在家以外，寻求在家以外的娱乐和花天酒地。仿佛不如此，就白富豪了，白有挥霍不完的钱财了。

这都是灵魂无处安置的结果。

心灵的"家"乃是心灵得以休憩的地方。那个地方不需要格外多的财富，渴望的境界是"请勿打扰"。

是的，任何人的心灵都同样是需要休憩的。所以心灵有时不得不从人的"家"中出走，去寻找属于它的"家"……

建筑业使我们的躯壳有了安居之所，而我们的心灵自在寻找，在渴求……

遗憾的是——几乎我们每一个人都有家，而我们的心灵却似无家可归的流浪儿。朋友，你倘以这一种体会聆听潘美辰的歌《我想有个家》，则难免不泪如泉涌……

"过年"的断想

　　我曾问儿子："是不是经常盼着自己快快长大?"

　　他摇头断然地回答:"不!"

　　我也曾郑重地问过他的小朋友们同样的话,他们都摇头断然地回答并不盼着自己快快长大,说长大了多没意思哇。现在才是小学生,每天上学就够累了。长大了每天上班岂不更累了?连过年过节都会变成一件累事儿。多没劲啊!瞧你们大人,年节前忙忙碌碌的。年节还没过完往往就开始抱怨——仿佛是为别人忙碌为别人过的……

　　是的,生活在无忧无虑环境之中的孩子是不会盼着自己快快长大的。他们本能地推迟对任何一种责任感的承担。而一个穷人家庭里的孩子,却会像盼着穿上一件新衣服似的,盼着自己早一天长大。他们或她们,本能地企望能早一天为家庭承担起某种责任。《红灯记》里的李玉和,不是曾这么夸奖过女儿么——提篮小卖拾煤渣,担水劈柴也靠她，里里外外一把手，穷人的孩子早当家。

我从童年起，就是一个早当家的穷人的孩子。

有时我瞧着自己的儿子，在心里默默地问我自己——我十二岁的时候，真的每天要和比我小两岁的弟弟到很远的地方去抬水么？真的每天要做两顿饭么？真的每个月要拉着小板车买一次煤和烧柴么？那加在一起可是五六百斤啊！在做饭时，真的能将北方熬粥的直径两尺的大铁锅端起来么？在买了粮后，真的能扛着二三十斤重的粮袋子，走一站多路回到家里么？……

连我自己也不敢相信，残存在记忆之中的童年和少年时期的生活情形都是真的。而又当然是真的，不是梦……

由于家里穷，我小时候顶不愿过年过节。因为年节一定要过，总得有过年过节的一份儿钱。不管多少，不比平时的月份多点儿钱，那年那节可怎么个过法呢？但远在万里之外的四川工作的父亲，每个月寄回家里的钱，仅够维持最贫寒的生活。我从很小的时候就懂得体恤父亲。他是一名建筑工人。他这位父亲活得太累太累，一个人挣钱，要养活包括他自己在内一大家子七口人。他何尝不愿每年都让我们——他的子女，过年过节时都穿上新衣裳，吃上年节的饭菜呢？我们的身体年年长，他的工资却并不年年涨。他总不能将自己的肉割下来，血灌起来，逢年过节寄回家呵。如果他是可以那样的，我想他一定会那样。而实际上，我们也等于是靠他的血汗哺养着……

穷孩子们的母亲，逢年过节时是尤其令人怜悯的。这时候，人与鸟兽相比，便显出了人的无奈。鸟兽的生活是无年节之分的，故它们的母亲也就无须在某些日子将来临时，惶惶不安地日夜想着自己格外应尽什么义务似的。

　　我讨厌过年过节完全是因为看不得母亲不得不向邻居借钱时必须鼓起勇气又实在鼓不起多大勇气的样子。那时母亲的样子最使我心里暗暗难过，我们的邻居也都是些穷人家。穷人家向穷人家借钱，尤其逢年过节，大概是最不情愿的事之一。但年节客观地横现在日子里，不借钱则打发不过去。当然，不将年节当成年节，也是可以的。但那样一来，母亲又会觉得太对不起她的儿女们。借钱之前也是愁，借钱之后仍是愁，借了总得还的。总不能等我们都长大了，都挣钱了再还。母亲不敢多借。即或是过春节，一般总借二十元。有时邻居们会善良地问够不够，母亲总说："够！够……"许多年的春节，我们家都是靠母亲借的二十元过的。二十元过春节，在今天看来仿佛是不可思议之事。当年也真难为了母亲……

　　记得有一年过春节，大约是我上初中一年级十四岁那一年，我坚决地对母亲说："妈，今年春节，你不要再向邻居们借钱了！"

　　母亲叹口气说："不借可怎么过呢？"

　　我说："像平常日子一样过呗！"

　　母亲说："那怎么行？你想得开，还有你弟弟妹妹们呢！"

　　我将家中环视一遍，又说："那就把咱家这对破箱子卖了吧！"

　　那是母亲和父亲结婚时买的一对箱子。

　　见母亲犹豫，我又补充了一句："等我长大了，能挣钱了，买更新的，更好的！"

　　母亲同意了。

　　第二天，母亲帮我将那一对破箱子捆在一只小爬犁上，拉到街市去卖。从下午等到天黑，没人买。我浑身冻透了，双脚冻僵了。后来终于冻哭了，哭着喊："谁买这一对儿箱子啊……"

我将两只没人买的破箱子又拖回了家。一进家门，我扑入母亲怀中，失声大哭……

母亲也落泪了。母亲安慰我："没人买更好，妈还舍不得卖呢……"

母亲告诉我——她估计我卖不掉，已借了十元钱。不过不是向同院的邻居借的。而是从城市这一端走到那一端，向从前的老邻居借的，向我出生以前的一家老邻居借的……

如今，我真想哪一年的春节，和父母弟弟妹妹聚在一起，过一次春节。而父亲已经去世了。母亲的牙全掉光了，什么好吃的东西也嚼不动了，只有看着的份儿。弟弟妹妹们已都成家了，做了父母了，往往针对我的想法说——"哥你又何必分什么年节呢！你什么时候高兴团聚，什么时候便当是咱们的年节呗！"

是啊，毕竟，生活都好过些，年节的意义，对大人也就不那么重要了。

所以，我现在也就不太把年当年，把节当节了，正如从来不为自己过生日。便是有所准备地过年过节，多半也是为了儿女高兴……

晚秋读诗

▃▃▃▃　潇潇秋雨后，渐渐天愈凉。

我知道，那也许是今年最后的一场秋雨。傍晚时分，急骤的雨点儿如一群群黄蜂，齐心协力扑向我刚擦过的家窗。似乎那么的仓皇，似乎有万千鸟儿蔽天追啄，于是错将我家当成安全的所在，欲破窗而入躲躲藏藏。又似乎集体地怀着种愠怒，仿佛我曾做过什么对不起它们的事，要进行报复。起码，弄湿我的写字桌，以及桌上的书和纸……

春雨斯文又缠绵，疏而纤且渺漫迷蒙。故唐诗宋词中，每用"细"字形容，每借花草的嫩状衬托。如"随风潜入夜，润物细无声"句，如"东风吹雨细如尘"句，如"天街小雨润如酥"句……而我格外喜欢的，是唐朝诗人李山甫"有时三点两点雨，到处十枝五枝花"句，将春雨的斯文缠绵写到了近乎羞涩的地步，将初蕾悄绽为新花的情景，也描摹得那么的春趣盎然，于不经意间用朴素得不能再朴素的文字醇出了一派春醉。

夏雨最多情。如同曾与我们海誓山盟过的一个初恋女子，"情绪"浪漫充沛又任性。"旅行"于东西南北地，过往于六七八月间，每踏雷而来，每乘虹而去。我们思想它时，它却不知云游何处，使我们仰面于天望眼欲穿，企盼有一大朵积雨云从天际飘至；而我们正喜悦于晴日的朗丽之际，倏忽间雷声大作，乌云遮空。于是"天外黑风吹海立，浙东飞雨过江来"。阵雨是夏雨猝探我们的惯常方式。它似乎总是一厢情愿地以此方式表达对我们的牵挂。它从不认为它这种方式带有滋扰性，结果我们由于毫无心理准备，每陷于不知所措，乍惊在心头，呆愕于脸上的窘境。几乎只夏季才有阵雨。倘它一味儿恣肆地冲动起来，于是"雷声远近连彻夜，大雨倾盆不终朝"。于是"黑云翻墨未遮山，白雨跳珠乱入船"；于是"惊风乱飏芙蓉水，密雨斜侵薜荔墙"，烦得我们一味儿祈祷"残虹即刻收度雨，杲杲日出曜长空"。

当然夏雨也有彬彬而至之时。斯时它的光临平添了夏季的美好。但见"千里稻花应秀色，五更桐叶最佳音"。它彬彬而至之时，又几乎总是在黄昏或夜晚，仿佛宁愿悄悄地来，无声地去。

倘来于黄昏，则"墙头雨细垂纤草，水面风回聚落花"。则江边"雨洗平沙静，天衔阔岸纤"，可观"半截云藏峰顶塔"，望"两来船断雨中桥"。则庭中"落花人独立，微雨燕双飞"，可闻"过雨荷花满院香""青草池塘处处蛙"；可觉"墙头语鹊衣犹湿""夏木阴阴正可人"。而山村则"罗汉松遮花里路，美人蕉错雨中榠"。

倘来于夜晚，则"楼外残雷气未平"，则"雨中草色绿堪染"。于是翌日的清晨，虹消雨霁，彩彻云衢，朝霞半缕，网尽一夜风和雨，使人不禁地想说——真好天气！

秋雨凄冷澹寒，易将某种不可言说的伤感，一把把地直往人心里揣。仿佛它竟是耗尽了缠绵的春雨，虚抛了几番浪漫和激情的夏雨，憔悴了一颗雨的清莹之魂，心曲盘桓，自叹幽情苦绪何人知？包罗着万千没结果的苦恋所生的委屈和哀怨，欲说还休欲说还休，于是只有一味儿哭泣，哭泣……使老父老母格外地惦念儿女；使游子格外地思乡想家；使女人悟到应变得更温柔，以安慰男人的疲惫；使男人油然自省，忏悔和谴责自己曾伤害过女人心地的行为……

> 床前明月光，
> 疑是地上霜。
> 举头望明月，
> 低头思故乡。

一场秋雨一场寒，十场秋雨换上棉。在秋风萧瑟、秋雨凄凄的日子里，人心除了伤感，其实往往也会变得对生活，对他人，包括对自己，多一份怜惜和爱护之情。因为可能正是在第二天的早晨，霜白一片雨变冰，于是不日"才见岭头云似盖，已惊岩下雪如尘"。

秋风先行，但见"落叶西风时候，人共青山都瘦"。秋风仿佛秋雨的长姐，其行也匆匆，其色也厉厉。扯拽着秋雨，仿佛要赶在"溪深难受雪，山冻不留云"的冬季之前，向人间替秋雨讨一个说法。尽管秋雨的哀怨，完全是它雨魂中的特征，并非是人委屈于它或负心于它的结果。

秋风所至，"萧瑟兮草木摇落而变衰"。直吹得"只有一枝梧叶，不知多少秋声"；直吹得"秋色无远近，出门尽寒山"；直吹得"多少绿荷相依恨，一时回首背西风"。

在寒秋日子里，读如此这般诗句，使人不禁地惜花怜树，怪秋风忒张狂。恨不能展一床接天大被，替挡秋风的直接袭击。但是若多读唐诗宋词，也不难发现相反意境的佳篇。比如宋代诗人杨万里的《秋凉晚步》：

秋气堪悲未必然，
轻寒正是可人天。
绿池落尽红蕖却，
荷叶犹开最小钱。

家居附近自然无荷塘，难得于入秋的日子，近睹荷花迟开的胭红本色，以及又有多么小的荷叶自水下浮出，翠翠的仍绿惹人眼。一日散步，想起杨万里的诗，于是蹲在草地，抚开一片亡草的枯黄，蓦地，真切切但见有嫩嫩芊芊的小草，隐蔽地悄生悄长！想必是当年早熟的草籽落地，便本能地生根土中，与节气比赛着，抓紧时日体现出植物的生命形式。寒冬是马上就要来临了。那一茎茎嫩嫩芊芊的小草，其生其长还有什么意义呢？我不禁替它们惆怅。晚秋的阳光，呼着节气最后的些微的暖意普照园林。刚一起身，顿觉眼前有什么美丽的东西漫舞而过。定睛看时，呀，却是一双小小彩蝶。它们小得比蛾子大不了多少。然而的确是一双彩蝶，而非蛾子。颜色如刚孵出的小鸡，灿黄中泛着青绿，翅上皆有漆黑的纹理和釉蓝的斑点儿。

斯时满园林"是处红衰翠减"，风定秋空澄净。一双小小彩蝶，就在那暖意微微的晚秋阳光中，翩翩漫漫，忽上忽下，做最后的伴飞伴舞……

我一时竟看得呆了。

冬季之前，怎么还会有蝶呢？

难道它们和那些小草一样，错将秋温误作春暖，不合时宜地出生了么？

它们也要与节气比赛似的，也仿佛要抓紧最后的时日，以舞的方式，演绎完它们千古流传的爱情故事。而且，分明的，要尽量在对舞中享受是蝶的生命的浪漫！……

我呆望它们，倏忽间，内心里倍觉感动。

"最是秋风管闲事，红他枫叶白人头"——人在节气变化之际所容易流露的感伤，说到底，证明人是多么容易悲观的啊！这悲观虽然不一定全是做作，但与那小草、小蝶相比，不是每每诉说了太多的自哀自怜么？

这么一想，心中秋愁顿时化解，一种乐观油然而生。我感激杨万里的诗，感激那些嫩嫩芊芊的小草和那一双美丽的小蝶，它们使我明白——人的心灵，永远应以人自己的达观和乐观来关爱着才对的啊！……

我热爱读书

■■■■■　读书——不，更准确地说，所谓"读"这一种习惯，对我已不啻是一种幸福。这幸福就在日子里，在每一天的宁静的时光里。不消说，人拥有宁静的时光，这本身便是幸福。而宁静的时光因阅读会显得尤其美好。

我的宁静之享受，常在临睡前，或在旅途中。每天上床之后，枕旁无书，我便睡不着，肯定失眠。外出远足，什么都可能忘带，但书是不会忘带的。书是一个囊括一切的大概念。我最经常看的是人物传记、散文、随笔、杂文、文言小说之类。《读书》《随笔》《读者》《人物》《世界博览》《奥秘》都是我喜欢的刊物，是我的人生之友。前不久，友人开始寄我《世界警察》，看了几期，也喜爱起来。还有就是目前各大报的"星期刊""周末版"或副刊。

要了解我所生活的城市，大而至于我们这个国家，我们这个地球，每天正发生着什么事，将要发生什么事，仅凭晚上看电视里的"新闻"，自然是远远不够的。"秀才不出门，便知天下事"，是所谓"秀才"聊以自慰自夸的话。或者是别人们对"秀才"们的揶揄。不过在现代社会里，传播媒介如此之丰富，如此之发达，对于当代人来说，不出门而大致地知道一些"天下事"，也是做得到的。

知道了又怎样？

知道了会丰富我对世界的认识。而这种认识，于我——一个以写作为职业的人来说，则是相当重要的。妄谈对世界的认识，似乎口气太大了，那么就说对周遭生活的认识吧。正是通过阅读，我感觉到周遭生活之波有时汹涌澎湃，有时潜流涡旋，有时微波涌荡……

当然，这只是阅读带给我的一方面的兴致。另一方面，通过阅读，我认识了许许多多的人。仿佛每天都有新朋友。我敬爱他们，甘愿以他们为人生的榜样。同时也仿佛看清了许多"敌人"，人类的一切公敌——从人类自身派生出来的到自然环境中对人类起恶影响的事物，我都视为敌人。这一点使我经常感到，爱憎分明于一人是多么重要的品质。

创作之余，笔滞之时，我会认真地读一会儿文学期刊。若读的正是一篇佳作，便会一口气读完。不管作者认识与否，都会产生读了一篇佳作的满足感。倘是作家朋友们写的，是生活在同一座城市的人，又常忍不住拨电话，将自己读后的满足，传达给对方。这与其说是分享对方的喜悦，莫如说是希望对方分享我的喜悦。倘作者是外地的，还常会忍不住给人家写一封信去。

读，实在是一种幸福。

　　最后我想说，与我的中学时代相比，现在的中学生，似乎太被学业所压迫了。我的中学时代，是苦于无书可读。买书是买不起的，尽管那时书价比现在便宜得多。几个同学凑了七八分钱，到小人书铺去看小人书。这是永远值得回忆的往事了。现在的中学生们，可看的太多了，却又陷入选择的迷惘，并且失去了本该拥有的时间。生活也真是太苛刻了！

　　我挺怜悯现在的中学生的。

　　我真同情我的中学生朋友们。

爱读的人们

　　███████　　我曾以这样一句话为题写过一篇小文——"读，是一种幸福"。

　　我曾为作家这一种职业作出过我自己所理想的定义——"为我们人类古老而良好的阅读习惯服务的人"。

　　我也曾私下里对一位著名的小说评论家这样说过——"小说是培养人类阅读习惯的初级读本"。

　　我还公开这样说过——"小说是平凡的"。

　　现在，我仍觉得——读，对于我这样一个具体的，已养成了阅读习惯的人，确乎是一种幸福。而且，将是我一生的幸福。对于我，电视不能代替书，报不能代替书，上网不能代替阅读，所以我至今没有接触过电脑。

　　站在我们所处的当代，向历史转过身去，我们定会发现——

"读"这一种古老而良好的习惯，百千年来，曾给万亿之人带来过幸福的时光。万亿之人从阅读的习惯中受益匪浅。历史告诉我们，阅读这一件事，对于许许多多的人曾是一种很高级的幸福，是精神的奢侈。书架和书橱，非是一般人家所有的家具。书房，无论在西方还是东方，乃富有家庭的标志，尤其是西方贵族家庭的标志。

而读，无论对于男人或女人，无论对于从前的、现在的，抑或将来的人们，都是一种优雅的姿势，是地球上只有人类才有的姿势。一名在专心致志地读着的少女，无论她是坐着读还是站着读，无论她漂亮还是不漂亮，她那一时刻都会使别人感到美。保尔去冬妮娅家里看她，最羡慕的是她家的书房，和她个人的藏书。保尔第一次见到冬妮娅的母亲，那林务官的夫人便正在读书。而前苏联拍摄的电影《保尔·柯察金》中有一个镜头——黄昏时分的阳光下，冬妮娅静静地坐在后花园的秋千上读着书……那样子的冬妮娅迷倒了当年中国的几乎所有青年。

因为那是冬妮娅在全片中最动人的形象。

读有益于健康，这是不消说的。

一个读着的人，头脑中那时别无他念，心跳和血流是极其平缓的，这特别有助于脏器的休息，脑神经那一时刻处于愉悦状态。

一教室或一阅览室的人都在静静地读着，情形是肃穆的。

有一种气质是人类最特殊的气质，所谓"书卷气"。这一种气质区别于出身、金钱和权力带给人的什么气质，但它是连阔佬和达官显贵们也暗有妒心的气质。它体现于女人的脸上，体现于男人的举止，法律都无法剥夺。

但是如果我们背向历史面向当今，又不得不承认，仍然以"读"为一种幸福的男人和女人，在全世界都大大地减少了。印刷业发达了，书刊业成为"无烟工业"。保持着阅读习惯的人也许并没减少，然而闲适之时，他们手中往往只不过是一份报了。

我不认为读报比读书是一种幸福。

或者，一位老人饭后读着一份报，也沉浸在愉悦时光里。但印在报上的文字和印在书上的文字是不一样的。对于前者，文字只不过是报道的工具；对于后者，文字本身即有魅力。

世界丰富多彩了，生活节奏快了，人性要求从每天里分割出更多种多样的愉悦时光。而这是人性合理的要求。

读，是一种幸福——这一人性感觉，分明地正在成为人类的一种从前感觉。

我言小说是培养人类阅读习惯的初级读本，并非自己写着小说而又非装模作样地贬低小说。我的意思是，一个人的阅读习惯往往是从读小说开始的。其后，他才去读史，读哲，读提供另外多种知识的书。

我言小说是平凡的，这句话欠客观。因为世界上有些小说无疑是不平凡的，伟大的。有些作家倾其毕生心血，留给后人一部《红楼梦》式的经典，或《人间喜剧》那样的皇皇巨著，这无论如何不应视为一件平凡的事情。这些丰腴的文学现象，也可以说是人类经典的文学现象。经典就经典在同时产生从前那样一些经典作家。但是站在当今看以后，世界上不太容易还产生那样一些经典作家了。诺贝尔文学奖的质量和获奖作家的分量每况愈下，间接地证明着此点。然而能写小说能出版自己的书的人却空前地多了。也许从严格的意义上讲这些人不能算作家，只不过是写过小说的人。但小说这件事，却由此而摆脱神秘性，以俗常的现象走向了民间，走向了大众。于是小说的经典时代宣告瓦解，小说的平凡时代渐渐开始……

我这篇文字更想谈的，却并非以上内容。其实我最想谈的是——在当今，仍保持着阅读的习惯并喜欢阅读的人群有哪些？在哪里？这谁都能扳着手指说出一二三四来，但有一个地方，有那么一种人群，也许是除了我以外的别人们很难知道的。那就是——精神病院。那就是——精神病患者人群。当然，我指的是较稳定的那一种。

是的，在精神病院，在较稳定的精神病患者人群中，阅读的习惯不但被保持着，而且被痴迷着。是的，在那里，在那一人群中，阅读竟成为如饥似渴的事情，带给着他们接近幸福的时光和感觉。这一发现使我大为惊异，继而大为感慨，又继而大为感动。相比于当今精神正常的人们对阅读这一件事的不以为然、不屑一顾，我内心顿生困惑——为什么偏偏是在精神病院里？为什么偏偏是在精神病患者人群中？我百思不得其解。

家兄患精神病三十余年。父母先后去世后，我将他接到北京，先雇人照顾了一年多，后住进了北京某区一家精神病托管医院。医护们对家兄很好，他的病友们对他也很好。我心怀感激，总想做些什么表达心情。

于是想到了书刊。我第一次带书刊到医院，引起一片惊呼。当时护士们正陪着患者们在院子里"自由活动"。"书！书！""还有刊物！还有刊物！"……顷刻，我拎去的三大塑料袋书刊，被一抢而空。

　　患者们如获至宝，护士们也当仁不让。医院有电视，有报。看来，对于那些精神病患者们，日常仅仅有电视有报反而不够了。他们见了书见了刊眼睛都闪亮起来了。而在医院的外面，在我们许多正常人的生活中，恰恰的，似乎仅仅有电视有报就足矣。而且，我们许多正常人的文化程度，普遍是比他们高的。他们中仅有一名硕士生，还有一名进了大学校门没一年就病了的，我的哥哥。

　　我当时呆愣在那儿了。因为决定带书刊去之前，我是犹豫再三的，怕怎么带去怎么带回来。精神病人还有阅读的愿望吗？事实证明他们不但有，竟那么强烈！后来我每次去探望哥哥，总要拎上些书刊。后来我每次离开时，哥哥总要叮嘱："下次再多带些来！"我问："不够传阅吗？"哥哥说："那哪够！一拿在自己手里，都舍不得再给别人看了。下次你一定要多带些来！"患者们，往往也会聚在窗口门口朝我喊："谢谢你！""下次多带些来！"那时我的眼眶总是会有些湿，因他们的阅读愿望，因书和刊在精神病院这一种地方的意义。

　　我带去的书刊，预先又是经过我反复筛选的。因为他们是精神病患者。内容往往会引起许多正常人兴趣的书刊，如渲染性的、色情的、暴力的、展览人性丑恶及扭曲程度的、误导人偏激看待人生和社会的，我绝不带去。

　　我带给那些精神病患者的，皆是连家长们都可以百分百放心地给少男少女们看的书和刊。而且，据我想来，连少男少女们也许都不太会有兴趣看。

　　正是那样的一些经过我这个正常的人严格筛选的书和刊，对于那些精神病患者，成为高级的精神食粮。而这样的一切书和刊，尤其刊，一过期，送谁谁也不要。所以我从前每打了捆，送给传达室朱师傅去卖。

我这个正常之人在我们正常人们的正常社会，曾因那些书和刊的下场多么的惋惜啊！现在，我终于为它们在精神病院这一种地方，安排了一种备受欢迎的好命运。我又是多么的高兴啊！由精神病院，我进而联想到了监狱。或者在监狱，对于囚犯们，它们也会备受欢迎吧！书和刊以及其中的作品文章，在被阅读之时，也会带给囚犯们平静的时光，也会抚慰一下他们的心灵，陶冶一下他们的性情吧？

谁能向我解释一下，精神病患者们竟比我们精神病院外的精神正常的人们，更加喜欢阅读这一件事情——因而证明他们当然是精神病患者，抑或证明他们的精神在这一点上与我们精神正常的人们差不多地正常！

喜欢阅读的精神病患者们啊，我是多么地喜欢你们！也许，因为我反而与你们在精神上更其相似着？

千年之交　我心肃然

每当我在万米高空向飞机舷窗外望去，云海苍茫，天穹无限，人类发达的科技所推进的如音时速，竟仿佛于"无限"之中完全地停止不前……

那时我心肃然，顿悟具体的每一个人之渺小。不禁沉思渺小的我们每一个人存在着的意义，以及所谓人在真谛与世界规律之间亘古常惑的迷惘……

于是我心不但肃然，而且悸悸，敬畏着"无限"和"永远"这样的词汇，如敬畏神明。那时人心在空中却并不飘然，恰恰相反，会极冷静极客观甚至有些超现实地形而上地评估自己生命的价值。人的思想需要这样的时刻。每当我子夜猝醒，听钟声滴答，想到我正处于两个日子混合一起的时间里，顿叹人生苦短。一株树也许活千年；一块山石饱经风雨侵蚀，却能多少世纪以来岿然耸立；而我们人的极有限的生命，却有三分之一是在睡眠中悄悄逝去的，幼年少年和老年又占去了三分之一左右，在剩下的三分之一里我们究竟怎么活才算活得积极主动？才算对得起我们这一生命奇迹？无论我们对自己的人生满意不满意，它首先意味着是奇迹，而且注定了仅有一次，就像一颗露珠形成在叶片上仅有一次……

于是我心不但惆怅，而且忐忑。惆怅时间的流淌，忐忑于做着什么而又怀疑所做的值得与否？

在千年之交，我心同样肃然。2000年的第一个日子照例是从零点开始；2000年的第一个日子太阳照例从东方升起；这一个日子也照例来临在冬季……它真的与从前的一千年个日子有何不同么？它真的比以后一千年个日子特殊么？但一想到我的生命竟偶然经历这千年之交，肃然中心里还是有些异样。

我们并不总是有暇梳理自己以往的人生；也并不总是有情绪对自己以往所持的人生观作认真的自诘和思考——而不常梳理的人生是"状态"不透彻的人生，可能由于经验和教训的粘连不清而影响我们人生的质量；不常自诘和思考的人生观可能是执迷不悟的人生观，这样的人生观可能使我们的心生出厌世的悲观……

于是我想——某些特殊的情境，某些不寻常的时刻，尤其某些千载一遇的日子，对于我们最主要的意义大约就在于——促使我们加倍珍惜我们的生命这一种奇迹。

于是我想——我们人类的一切文明和成就，乃是先人对我们的生命所作的贡献。我们珍惜生命的一种方式常体现于我们对先人的贡献的享受……

　　而我们又能为后人贡献什么？在他人为后人所作的杰出贡献中，可有我们的光和热？如果我们不能为人类科学作出贡献，我们还可为人类的文化留下只言片语。如果我们的生命并不能对世界和国家发生丝毫积极主动的影响，其实我们也不必沮丧，起码，我们可以影响我们的亲友；起码，在他们悲观的时候，我们能以我们的乐观安抚他们……

　　我们的乐观从何而来？难道不是在某些特殊的情境、时刻和日子里受到特殊启迪的结果么？在所有人生的启迪中，乐观的人生精神是最宝贵的。即使我们连我们的亲友也难以影响，我们毕竟还可以靠乐观影响我们自己，安抚我们自己。普遍的，大多数的，正常过渡的人生，是足以因了人的乐观精神而体会愉快的。在千年之交，我祈祝世界上乐观的人多起来……

2000年的第一个日子太阳照例从东方升起……
——《千年之交 我心肃然》

心之圭臬

　　文学是一条河流，从它存在那一天流到如今。一切产生过的文学现象都是必然的。一切湮没了的文学现象也都是必然的。不断地产生，不断地湮没。而人类的文学之流却永不会干枯，它靠的是人类的精神生活养育它。它也反过来在精神方面养育着我们。如果说文学有什么恒久不变的定律，那么我以为，就是它始终与人类的精神宇宙联系着。

　　　　　　　　　　　　——《不安于习惯》

文学是一条河流，
从它存在那一天流到如今。
——《不安于习惯》

写作使人再次成长

　　人皆一命，这是常识，不管多么喜欢写作的人，不管这样的人成为作家以后文学成就有多大，其肉体生命也还是只有一条。就此点而言，他或她不能例外于自然规律。

　　我的写作体会使我觉得，写作这件事，仿佛会使人经历再成长一次的过程。

　　婴儿期、童年、少年、青年、中年、老年——这是人人都要经历的成长过程。婴儿期的人是无为而被动的；童年和少年时期我们的人生开始为自己的生活感受涂上底色，但大抵，也仅仅是感受而已。到了青年时期，人开始有感慨有感悟了，于是生出思想。到了中年，人经历了世事的磨砺之后，思想往往发生嬗变。许多中年人都想再成长一次，但这又怎么可能？步入老年，不管曾多么乐观的人，往往也有难言的忧伤经常萦绕心头了，所谓"不羡神仙羡少年"的一种怅然。

然而喜欢写作的人不同。他或她通过写作这一件事，精神上、心理上足可以再成长一次。除了肉体生命，还有确确实实的一条精神生命伴随着自己。他可以通过写作一次又一次地重新"成长"一遍。即使他已经是一位老人了，他也可以想象自己才刚出生，还是婴儿，并且将此种想象完成为作品，奉献给世人，使更多的人感受"重新成长"的愉悦。

从这个意义上讲，高尔基通过他的《母亲》《童年》《我的大学》"重新成长"；鲁迅通过《社戏》《从百草园到三味书屋》"重新成长"……

写自己，这是写作者精神生命的童年。

写他者，这是写作者精神生命的青年。

写社会，这是写作者精神生命的中年。

写人类命运之远忧近虑，这是写作者精神生命的老年。

大抵如此。

写作者的精神生命越到老年反而越襟怀宽大。

不喜欢写作的人，或以为苦。何必的呢？打理好肉体生命之诸事，已然不易，干吗还非有一条什么"精神生命"与自己纠缠不清？

但喜欢写作的人明白——他或她的人生幸而也有"精神生命"的伴随，于是可以抵抗人人有时都难免会心生的虚无情绪，并奉献给他人一些自己的看法。

而这于己于人都往往是有益的。

关于作文的杂感

■■■■■■　**诸位：**

我早已看出大家的不耐烦了。大家期待着我赶快讲出一套"窍门"，你们便一二三条地记下来，回家转述给孩子，于是他们茅塞顿开，从此作文成绩产生飞跃。而你们呢，也于是大功告成，再也不必为孩子写不好作文而郁闷发愁了。诸位的心情我能理解。那么，看来我不第一第二第三地讲几条，似乎就太对不起大家了。坦率说，我要讲的，也只不过老生常谈而已。

观察的习惯

我们的孩子出生以后，最初是靠肢体来感觉周围世界的。皮肤知冷暖，双耳听声音，手足觉软硬。再以后，孩子们的视力发育完成了，这时他们便开始观察，于是世界在他们眼中有了远近、大小、形状和色彩。

观察是人来到世界上的最初的本能之一，同时，伴随着它的是强烈的好奇心，这是连小动物都能体现得格外生动的本能之一。

"出门……"

"上街……"

"看车车……"

以上话语，是孩子们要求满足其观察欲时常说的话语。

为什么要"出门"呢，因为家里的环境已经不能满足他们的观察欲了，而街上有更多使他们的眼睛感到新奇的事物，比如南来北往各式各样汽车。带孩子去过一次动物园的父母想必应该记得，后来孩子会一再地要求还去动物园，因为那些动物和禽类对于他们的观察欲，非是一次就可以满足的。

孩子就要上小学了，这时他们的观察欲反而不那么强烈了。因为他们自觉已经见过了很多，日复一日所见的事物和现象，使他们的观察欲厌足了，于是反应钝怠起来。

所以诸位家长要知道，观察欲不是与日俱增的。在人的成长过程中，它是会中断的，于是好奇心也往往随之中断。

孩子们上了学以后，观察欲是不是又会强烈起来呢？自然会的。学校的环境，老师和同学，都会给他们的眼以新的印象。大多数刚上小学的孩子为什么是快乐的呢？也是新印象新感觉使然。新印象新感觉是新的观察结果，人眼获得新的日常观察结果，会带给人性愉悦，这乃是人性的真相之一。

但是渐渐地，孩子们的观察欲又会钝怠起来。因为一切对于他们又是日复一日习以为常的了，他们的好奇心便也又钝怠了。

钝怠的观察力，钝怠的好奇心，是感性思维的克星；而钝怠的感性思维是写好作文的克星。

我对诸位家长有两个建议——一是父母或爷爷奶奶姥爷姥姥接送孩子上学时，不妨也培养培养自己的观察习惯。事实上我们许多大人的日常观察欲也早已退化，几近为零。比如可以和孩子比一下，看谁一路所见的事物和现象更多一些，观察更细一些。孩子们都是好胜的，在这一点上，大人们利用一下他们的好胜心理，绝不是罪过的事。二是我要向诸位推荐一本书，是河北大学出版社新近出版的。在这一本书中，汇篇了许许多多句诗词，都是关于花的。有些花也都是很常见的。由于常见，无论对于家长们还是孩子们，都引发不起观察欲了。但那样一些优美的诗句，真的会使大人和孩子以一种新的眼光来看待那些花。因为写下那些诗句的诗人们、词人们看待那些花的眼光，远比我们一般的大人孩子观察得细致。人眼习以为常终日所见的事物和现象，是自有其细节的。不见细节，只能叫做看到，只要看到细节，才称得上是观察。人长着一双眼，对事物和现象只看到，从不观察，太对不起眼睛了。有优美的诗句引导，何不大人孩子一块儿观察观察呢？这样的方法可以推及开来，由观察花而观察草树观察雨雪冰霜观察四季变化，既能培养观察的习惯，也能往大脑里储存许许多多美轮美奂的诗词名句，一举两得。

观察是完全可以由习惯而成本能的。

既能本能，自己的一双眼在功能方面就高于别人的一双眼了。于是同一事物同一现象同一景致，由自己笔下写来，便会比别人写来传神得多。

当然，家长们工作都很忙，有的工作压力还很大，家庭也难免有这样那样的烦愁之事，像以上那么建议家长，实在是很抱歉的事，也等于多了一项义务。可诸位既然希望自己的孩子写出比别人的孩子成绩高些的作文，那么自己便也得多付出精力和心思。

想象的乐趣

想象力乃是人之天赋。动物虽也有观察力，却断无想象力。所以地球上除了人类，再无其他生命能体会到什么是想象的乐趣。想象力可分为两类，一类是将现实虚构了，属于现实想象力；一类是完全脱离现实的，称之为超现实想象力。比如关于富有的想象，便是现实想象。而关于长生不老的想象，是超现实想象。卓别林的电影中有一片段，他想象自己有一天富有了，过上了令人羡慕的生活——想喝杯牛奶时，一摇铃，便有仆人将一头奶牛牵过来，立刻为他现挤一杯牛奶。此种想象谓之现实想象。而《哈利·波特》中那些具有超人能力的孩子，都属于超现实想象力的产物。对于小学生，两种想象天赋的表现，都是宝贵的。无论老师还是家长，断不该遏制。

目前中国，小学四年级已开始写作文。而作文要求，一般又限定是现实内容的。这是语文教学中的条条框框，普遍的老师不愿突破。所以孩子们的超现实想象力，几乎少有获得释放的平台，更不要说获得称赞了。而另一种情况是，大人们为孩子们提供的现成的想象成果铺天盖地，太丰富了，这使孩子们沉迷于那成果中，只需享受而已。由自己的头脑来产生想象的乐趣，反而少有体会了。

　　在以上两种情况下，家长们不妨找些话题来激活孩子们的想象力，使他们明白一个道理，某些大人们所提供的，使他们备觉享受的想象的成果，从他们自己的头脑之中其实也可以产生出来。比如我认识的一位家长，在孩子看《哈利·波特》一书时，曾对孩子说："至少还有十种超能力，是英国女作家那一本书中没想象到的。"孩子立刻来了兴趣，问家长那都是十种什么样的超能力？家长说，使一个坏人因为自己是坏人而备感痛苦的能力，《哈利·波特》一书中哪一个超能力学校的孩子都没有。让坏人饱受那一种痛苦的折磨，不是很有意思吗？孩子问家长还有什么超能力？于是家长便也饶有兴趣地陪孩子一块儿想象，其乐无穷，而且大大增进了和孩子的亲情。最后孩子说，我要是也成为那样一位作家，写出一本那样的书，挣一大笔稿费多好。家长问，如果你挣了那么一大笔稿费，打算怎么花呢？孩子脱口而出就说，买大房子，买车，让爸妈过上幸福生活，经常出国旅游，给我自己买一台电脑，接着写第二本书，挣第二笔稿费——于是孩子的想象力又转向了现实。也许诸位会说，你不是反对向孩子灌输当不普通的人的思想吗？是的。家长灌输给孩子们的那一种思想，会成为孩子成长中的压力。而家长在和孩子共同享受想象力乐趣的时候，那一种思想并不会成为孩子的心理压力，反而是一次心理"桑拿"。

　　孩子上了中学，家长就应该明白这样一个道理了——赋予想象力一种积极的良好的意义，会使想象力的价值提升得更高。

　　也就是说，对于极富想象力的孩子，如果他或她是小学生时，完全可以任由他们充分发挥自己的想象力，大人不必迫不及待地和他们讨论想象力的意义。但是对已经是中学生的孩子，就应该赋予他们宝贵的想象力以同样的宝贵的意义。因为在中学里，语文教学对于作文是要求有正面意义的，而这一点往往决定一篇作文是否真的算得上是优等作文。一个孩子成长的真相也是——当他们成为中学生以后，他们对自己头脑的思想力的自信与否，不但影响他们写出何等水平的作文，也直接影响他们成为怎样的中学生……

思想的魅力

学校教育的普遍规律告诉我们，已经是中学生的孩子们，正是他们的头脑开始形成思想的时期。小学的他们曾多么赞赏想象力，中学的他们便又多么赞赏思想力。不但赞赏别人的思想力，也更希望自己成为有思想的人。但另一个事实是，现在的中学生受分数的压迫，不得不用大部分头脑来记忆知识，用小部分头脑去吸收娱乐信息，以缓解分数对于头脑的压迫。渐渐地，记忆力倒是增强了，思想力却并没有得到很好的开发。而且，又似乎只有和分数有关的知识才算是有用的知识，"没用"的知识他们一点儿也不想往头脑里装，倒宁可往头脑里装些娱乐的信息。

思想和思想力是完全不同的概念。

对一切事物和现象的看法，都可曰之为思想，但并非是思想力。

思想力是指最接近事物和现象本质的思想，同时体现出很强的说服力的思想。

我曾在一名中学生的作文中读到过这样一句话——"人人都有心脏，但不是每一个人都有心灵"。

我问他："是抄来的格言吗？"

他说："不，我的看法。"

我不由得由衷地表扬他："孩子，你很有思想力。"

他自然是很高兴的。

我接着问："心脏是人之实际存在的器官，但何谓心灵呢？"

他反问："心灵一词不是许多人都经常在用吗？还用得着解释呀？"

我说："你认为明白之事，不见得别人也同样明白。你姑且认为我不明白，请解释我听听。"他便嗫嚅起来。我又说："如果你自己确实明白，那么你就应该可以向我解释得清楚。"他只好说容他认真想想。两天后他又来见我，真是有备而来——把"心灵"一词的来龙去脉向我侃侃陈述。

我坦率地告诉他，他不讲，我也不怎么清楚。对于我，他所讲的，是知识。

最后我说："孩子，你的头脑中，现在有了两种储备，都是有价值的。一种是关于'心灵'一词的较全面的知识；一种是关于'心灵'一词的较深刻的思想。你将二者整合在一起，便是一种思想力。你如果写一篇阐述这种思想力的作文，我觉得将会是一篇优等作文。"他又高兴起来。我说："孩子，不要高兴得太早。我虽然已经称赞了你有一定的思想力，但是还没有称赞你的思想力是无懈可击的。比如你认为'人人都有心脏，但不是每一个人都有心灵'，就不能完全自圆其说。而我认为每一个人也都是有心灵的，只不过好人有好的心灵，坏人有坏的心灵而已，是不是呢？"

他默默地点头，承认反驳不了我。

我鼓励道："思想力要体现出严谨的说服力。你用你最高的文字水平把你的思想力表达出来，再来和叔叔讨论'心灵'问题。"

后来他写成了一篇文章，题目是《叩问心灵》。"人人都有心脏，但不是每个人都有心灵"一句话，在他的文章中改成了："人人都特别在乎自己的心脏健康与否，但究竟有多少人同样在乎自己的心灵生没生病？"

我说："老实讲，现在这一句话，不如原先那一句话朗朗上口了。但我认为，对于体现思想力的文章，一个没有破绽的句子，肯定比一个难以说服人的句子好。鱼与熊掌，得兼而兼。否则宁肯牺牲一下语感，而取严谨的说服力。对于用文字表达思想力的人，这常是没法子的事。"

后来他的文章在一份青少年杂志上发表了。

我举这个例子想说的是，思想和思想交流、碰撞，才更容易产生思想力的火花。诸位，大家都是有思想的成人，但经常和自己的孩子交流思想吗？通常的情况更是，我们总企图让孩子们对我们的思想感兴趣，何曾也对孩子们的思想感兴趣过？我们每每抱怨孩子们不愿和我们交流思想，是不是也因为我们很少认真地尊重过孩子们的思想呢？何况，还有很多很多时候，能让我们的孩子一眼看出来，其实我们自己早已是不爱思想的人了，便也没了什么思想魅力可言。

在孩子们该有一定的思想力而居然没有的情况下，他们的作文只能依然停留在小学生的幼稚水平！

比喻的妙趣

诸位，我们的汉文学有一大特色，那就是形容词多多。汉文字乃是世界上形容词最多的文字。那些形容词，尤其典故词，最初并非形容，而是精妙的比喻。正由于其精妙，于是被一代又一代人信手拈来，反复应用，于是丧失了原本的精妙和生动，成了公用的形容词。比喻当然也是形容词，间接而已。正由于间接，所以能唤起联想，故而生动。

一名高中生曾如此比喻他们校长说起话来是多么呆板——"他一开口说话，我就仿佛看到一些穿同样颜色工作服的人一字排开，在不紧不慢地铺同样颜色的人行道方砖"。多好的比喻啊！这个比喻，打上了他个人语言的印记，胜过许多形容词。这个比喻，是非公用的。别人用在自己的作文或文章里了，倘不注明，是谓抄袭。

我给大家的最后的建议是——如果从孩子的作文中发现了好的比喻，千万要予以欣赏和称赞。精妙的比喻体现着联想的智慧。

"梨花千树雪，杨柳万条烟。"

"落絮无声春堕泪，行云有影月含羞。"

"白鹭下秋水，孤飞如坠霜。"

"行傍柳荫闻好语，莺儿穿过黄金缕。"

……

在唐诗宋词中，好比喻俯仰皆是，不胜枚举。

联想的智慧，在当代社会的功用空间极为广阔。今天善于用在作文中的孩子，明天未必会成为作家。但这并不意味他们的智慧就无用武之地，说不定在某种机会来临时，他们中有人"一不留神"成了一流的广告设计师或服装设计师或建筑设计师……

诸位，我今天讲得够多了，但愿对于大家并不全都是废话。

不错，为了提高孩子的英语成绩或数学成绩，有"疯狂英语"班或"神速数学"班之类，引得家长、孩子们趋之若鹜，如过江之鲫。但我似乎还没听说过有谁办过什么"疯狂作文""神速作文"之类的提高班。

我疯狂不来，也无神速之法。我所啰嗦，出发点也不仅是分数，更是针对孩子们本身的。最后我还是要再次强调，写出好作文的孩子，大抵总接近着是好孩子，而且，日后会接近着是好儿女、好父母、好同事、好朋友、好人。因为在我这儿，作文毕竟也是做人的文。那么完全脱离了"人文"，便不是人作的文了……

关于"编造"

　　我认为，"编造"二字，相对于新闻报道，是必须予以职业道德方面的谴责和反对的。这是社会对正派的媒体的起码要求，也是它证明自己正派的起码标准。

　　但是，"编造"二字相对于其他文学体裁，却不应被视为一个贬义的词。"编造"的冲动是产生想象力的初级的思维活动。高层面的想象力的展开，乃是以其为基础的。

　　农妇编一个筐子，是初级的手艺。正因为是初级的，所以大多数的农妇都是会的。小学生编了一篇作文，是初级的"创作"。倘不是预先规定了必须写真人真事，那么他们的"编"，不仅不应被否定，还应受到鼓励。我们中国的小学、初中和高中的语文教学，在这一点上是很有应该反省之处的。

　　人的手，如果编的已不是一般装物的筐子，而是一顶样式美观的草帽，并且将用以编的材料破细成篾，涂了种种不同的颜色，精心搭配；甚而，编的直接就是一件供观赏的工艺品，那么其编，显然地，就也已经等于是在"创作"了。那就是较高级的，伴随着想象力的手艺了。比"编"更高级的手艺，是织，是绣。高级的织和绣，对针法的要求是很讲究的，在某个过程中，针法往往是变化丰富的。更有前人不曾用过的针法，在自己织和绣的过程中实践出来。

故我认为，"编造"二字相对于文学，应作如下的理解——由"编"的冲动而始，随之进入类似手织，类似手绣的状态；由一般意义上"造"的初衷，上升为"创"的较高级的自定的标准。

"编"的过程是几乎没有细节可言的，对样式和审美的效果也不甚重视。但织和绣那肯定是特别重视细节的，多一针或少一线自己都是特别在意的。"造"的过程倘并未与"创"的思维联系起来，就往往缺乏新意，停留在司空见惯的一般水平。

所以，归根到底我要说的是——学中文而不习写，在我看来是不可思议的。习写而仅仅停留在"编造"的水平，没有进一步将自己想象力展开的愿望，也不要求自己向织与绣即向"创作"的层面提高，在我看来是不够的，是对一种完全可以达到的能力的遗憾放弃。

或许有同学会说——我们又不打算成为作家，干吗非要有你说的那一种什么织和绣的能力？此言差矣。我也声明过，并没有将你们中谁培养成作家的奢望。作家根本不是先成了作家的人培养出来的。每一个作家都是自己成为的，别人只不过能对其稍有影响而已。

但我强调过，中文系对于中文学子，有培养特殊的观察能力、认识能力、感受能力、分析能力和理解能力的义务。特殊在什么方面？

特殊就在，任何的社会现象、时代潮流，不管多么异态纷呈——在深受过中文教学熏陶的人那儿，无不首先是发生于人、作用于人、演变于人、结束于人的现象。而绝不仅仅是政治家眼中的政治现象，军事家眼中的军事现象，经济学家眼中的经济现象，科学家眼中的科学现象，商人眼中的商业现象……

在深受过中文教学熏陶的人那儿，有时连一座建筑物都仿佛是有灵魂，有气质，有人性意味的。这是一种思维的方式；一种别样的思考的立场。它在你们训练自己"织"与"绣"的能力的同时，将会由你们自己感知到、体会到。而靠了这一种能力，你们眼中的社会、时代，是有细节的。从而你们对于自己的人生的掌控和打理，也将是有细节的。有细节可言的人生，是较有意味的人生。这是中文带给学了它的人的一方面益处……

关于想象

■■■■■　我的一名学生写了一篇作业，姑且认为是一篇短小说吧，约三千余字，题目是《"她"的故事》。我在课堂上请同学们猜，那"她"可能是什么人？或什么动物？有同学猜是小猫小狗。我说大了。有同学猜是鸽子、小鸟。我说还大。我提示往有翅会飞的虫类猜，大家猜是蝴蝶、蜻蜓，以及其他美丽的昆虫，如金龟子什么的——当然都未猜对。

文中之"她"，乃一雌蚊——秋末的一只雌蚊。自然，它的时日不多了。但它腹中怀着许多"宝宝"；"宝宝"们需要血的孕养，它要寻找到一个可供自己吸血的人；一点点人血，不是为了自己能继续活下去，它早已不考虑自己，是为了它的"宝宝"们才冒险的；那是一种本能的母性使然的冒险，体现在一只雌蚊身上……

我的那一名学生在秋末的教室里居然被蚊子叮了一下；他拍死了

它，既而倏忽地心生恻隐，浮想联翩，于是写了《"她"的故事》。

我认为，这证明我的那一名学生是有想象力的。起码，证明他能从想象中获得快意。不消说，是"悲剧性"结尾——雌蚊刚刚为"宝宝"们吸到一点儿血，旋即被人"毁灭"，连同腹中未出世的宝宝……

我提出的问题是——想象力是可宝贵的，时间也是可宝贵的。将宝贵的时间和宝贵的想象力用以去写一只蚊子，值得吗？这个问题的提出，是以"有意义"的写作为前提的。倘言《"她"的故事》没什么意义，那么总还有点儿意思吧？起码对于我的那一名学生，否则他根本不写了。他不但写了，遣词造句还很用心。这是典型的"自娱"式写作的一例吧？对于自娱式写作，往往地，有意思不也是一种意义吗？

何况，从理念上讲——蛇可以大写特写，可以写它的千古绝唱的爱，可以成为文学和戏剧、影视的经典；老鼠也可以，比如日本动画片中"忍者神龟"们的师傅，便是一只生活在下水道的大耗子，比如米老鼠——为什么蚊子便不可以一写呢？若写了仿佛就有点儿无聊呢？何况写的是母性，母性是无聊的主题吗？体现在蛇身上就神圣（白娘子后来也怀了孕），体现在蚊子身上就浪费想象力吗？

我在课堂上说了《"她"的故事》有点儿浪费自己时间和精力的话，我的学生能从正面理解我的话的善意，都并不与我分辩。

我只不过在课下一再反诘自己，而且使本来自信的自己，也困惑了起来。

我举这个例子，仅想说明——有意思的写作和有意义的写作，常呈多么不同的现象。

但我还是确信，将有意思的写作导向有意义的写作，乃是我的义务之一。而对于同学们来说，超越"自娱"写作，思考文学写作的更广的意思和意义，乃是学中文的动力。

如果《"她"的故事》，写得更曲折，更起伏跌宕，一波三折，更折射出母性的深韵，另当别论也。

总之，自己对自己的想象力，要合理用之，节省用之，集优用之，像对待我们自己的一切宝贵能力一样。对他人的想象力，比如同学对同学，老师对同学的想象力，哪怕仅仅有意思，也应首先予以鼓励和爱惜……

写作与语文

■■■■　每自思忖，我之沉湎于读和写，并且渐成常习，经年又年，进而茧缚于在别人们看来单调又呆板的生活方式，主观的客观的原因自然是多方面的。

世上有懒得改变生活方式的人。我即此族同类。

但，我更想说的是，按下原因种种不提——我之爱读爱写，实在的，也是由于爱语文啊！

我是从小学三年级起开始偏科于语文的。在算术和语文之间，我认为，对于普通的小学三年级生，本是不太会有截然相反的态度的。普通的小学三年级生更爱上语文课，也许只不过因为算术课堂上没有集体朗读的机会，而无论男孩儿女孩儿，聚精会神背手端坐一上午或一下午，心理上是很巴望可以大声地集体朗读的机会的。那无疑是对精神疲惫的缓解。倘还有原因，那么大约便是——算术仅以对错为标准，语文的标准还联系着初级美学。每一个汉字的书写过程，其实都是一次结构美学的经验过程。而好的造句则尤其如此了……

记得非常清楚，小学三年级上学期的语文课本中，有一篇《山羊和狼》：山羊妈妈出门打草，临行前叮嘱三只小山羊，千万提防着被大灰狼骗开了门，妈妈敲门时会唱如下一支歌：

> 小山羊儿乖乖，
> 把门儿开开，
> 妈妈回来了，
> 妈妈来喂奶……

那是我上学后将要学的第一篇有一个完整故事的课文。它是那么地吸引我，以至于我手捧新课本，蹲在教室门外看得入神。语文老师经过，她好奇地问我看的什么书？见是语文课本，眯起眼注视了我几秒，什么也没再说，若有所思地走了……

几天后她讲那一篇课文。"我们先请一名同学将新课文的内容叙述给大家听！"——接着她把我叫了起来。教室里一片肃静。同学们皆困惑，不知所以然。我毫无心理准备，一时懵懂，但很快就镇定了下来。普通的孩子对吸引过自己的事物，无论那是什么，都会显示出令大人们惊讶的记忆力。我几乎将课文一字不差地背了下来……同学们对我刮目相看了。那一堂语文课对我意义重大。以后我的语文成绩一直不错，更爱上语文课了。我认为，大人们——家长也罢，托儿所的阿姨也罢，小学或中学教师也罢，在孩子们成长的过程中，若善于发现其爱好，并以适当的方式提供良好的机会，使之得以较充分的表现，乃是必要的。一幅画，一次手工，一条好的造句，一篇作文，头脑中产生的一种想象，一经受到勉励，很可能促使人与文学，与艺术，与科学系成终生之结。

我对语文的偏好一直保持到初中毕业。当年我的人生理想是考哈尔滨师范学校，将来当一名小学语文老师。我的中学老师们和同学们几乎都知道我当年这一理想。"文革"斩断了我对语文的偏爱。于是习写成了我爱语文的继续。获全国小说奖的作家以后，我曾不无得意地作如是想——那么现在，就语文而言，我再也不必因自己实际上只读到初中三年级而自叹浅薄了！在我写作的前十余年始终有这一种得意心理。直至近年才意识到我想错了。语文学识的有限，每每直接影响我写作的质量。

运交华盖欲何求，未敢翻身已碰头。

我初三的语文课本中没有鲁迅那一首诗。当然也没谁向我讲解过，"华盖运"是恶运而非幸运。二十余年间我一直望文生义地这么以为——"罩在华丽帷盖下的命运"。也曾疑惑，运既达，"未敢翻身已碰头"句，又该作何解呢？却并不要求自己认认真真查资料，或向人请教，讨个明白。不明白也就罢了，还要写入书中，以其昏昏，使人昏昏。此浅薄已有刘迅同志在报上指出，此不啰嗦。

读《雪桥诗话》，有"历下人家十万户，秋来都在雁声中"句，便又想当然地望文生义，自以为是凭高远眺，十万人家历历在目之境。但心中委实地常犯嘀咕，总觉得历历在目是不可以缩写为"历下"二字的。所幸同事中有毕业于北师大者，某日有兴，朗朗而诵，其后将心中困惑托出，虔诚就教。答曰："历下"乃指山东济南。幸而未引入写作中，令读者大跌眼镜……

儿子高二语文期中考试前，曾问我"身无彩凤双飞翼，心有灵犀一点通"句，出自何代诗人诗中？我肯定地回答：宋代翰林学士宋子京的《鹧鸪天》。儿子半信半疑：爸你可别搞错了误导我呀！我受辱似的说：呔，什么话！就将你爸看得那么学识浅薄？于是卖弄地向儿子讲"蓬山不远"的文人情爱逸事：子京某日经繁台街，忽然迎面来了几辆宫中车子，闻一香车内有女子娇呼："小宋！"——归后心怅怅然，作《鹧鸪天》云：画毂雕鞍狭路逢，一声肠断绣帘中。身无彩凤双飞翼，心有灵犀一点通……

儿子始深信不疑。语文卷上果有此题，结果儿子丢了五分。我不禁嘿嘿然双手出汗。若是高考，五分之差，有可能改写了儿子的人生啊！众所周知，那当然是李商隐的诗句。子京《鹧鸪天》，不过引前人诗句耳。某日我在办公室中，有同事笑问近来心情，戏言曰：悲欣交集。两位同事，一毕业于师大；一先毕业于师大，后为电影学院研究生。听后连呼：高深了！高深了！……一时又不禁地疑惑，料想其中必有我不明所以的知识，遂究根问底。他们反问：真不知道？我说：真的啊！别忘了我委实是不能和你们相比的呀，我才只有初三的语文程度啊！于是告我——乃弘一法师圆寂前的一句话。

我至今也不知"华盖运"何以是恶运？

至今也不知"历下"何以是济南？

所谓知其一不知其二。虽也遍查书典，却终无所获。某日在北京电视台前遇老歌词作家，忍不住虚心就教，竟将前辈也问住了……

几年前，我还将"莘莘学子"望文生义地读做"辛辛"学子。

有次在大学里座谈，有"辛辛"之学子递上条子来纠正我。条子上还这么写着——正确的发音是 shēn，请当众读三遍。

我当众读了六遍。自觉自愿地多用拼音法读了三遍，从此不复再读错。

在相当长的时期，我仅知"耄耋"二字何意，却怎么也记不住发音。有时就这么想——唉，汉字也太多了，眼熟，不影响用就行了吧！

某次在中国妇女出版社一位编辑的陪同之下出差，机上忍不住请教之。但毕竟记忆力不像小学三年级时了，过耳即忘。空中两小时，所问四五次。发音是记住了，然不明白为什么汉字非用这一词形容八九十岁的老人？是源于汉字的象形呢？还是成词于汉字结构的组意？

三十五六岁后才从诗词中读到"稼穑"一词。

我爱读诗词，除了觉得比自言自语让人看着好些，还有一非常功利之目的——多识生字。没人教我这个只有初三语文程度的作家再学语文了，只有自勉自学了。

一个只有初三语文程度的人，能识多少汉字？不过三千多吧？从前以为，凭了所识三千多汉字，当作家已绰绰有余了吧。不是已当了不少年作家，写了几百万字的小说了嘛！

如今则再也不敢这么以为了。三千多汉字，比经过扫盲的人识的字多不到哪儿去呀。所读书渐多，生词陌字也便时时入眼，简直就不敢不自知浅薄。

望文生义，最是小学生学语文的毛病。因为小学生尚识字不多，见了一半认得一半不认得的字，每蒙着读，猜着理解。这在小学生不失为可爱，毕竟体现着一种学的主动。大抵的，那些字老师以后还会教到，便几乎肯定有纠正错谬的机会。但到了中学高中，倘还有此毛病，则也许渐成习惯。一旦成为习惯，克服起来就不怎么容易了。并且，会有一种特别不正常的自信，仿佛老师竟那么教过，自己也曾那么学过，遂将错谬在头脑之中误认为正确。倘周围有认真之人，自也有机会被纠正；倘并非如此幸运，那么则也许将错谬当正确，错上几年，十几年，乃至二十几年矣……

"悖论"的"悖"字，我读为"勃"音，大约有三年之久。我中学时当然没学过这个字。而且，我觉得，"悖论"一词，似乎是在"文革"结束以后，八十年代初，才在中国的报刊和中国人的话语中渐被频繁"启用"。也许是因为，中国人终于敢公开地论说悖谬现象了。我是偶尔从北京教育电视台的高中语文辅导节目中知道了"悖"字的正确发音的。

某日我问一位在大学做中文系教授的朋友：我常将"悖论"说成"勃论"，他是否听到过？他回答：在几次座谈会上听到我发言时那么说。又问：何以不纠正？回答：认为你在冷幽默，故意那么说的。再问：别人也像你这么认为的？回答：想必是的吧？要不怎么别人也没纠正过你呢？你一向板着脸发言，谁知你是真错还是假错？……我也不仅在语文基础知识方面浅薄到这种地方，在历史常识方面同样地浅薄。记不得在我自己的哪一篇文章中了，我谈到哥白尼坚持"日心说"被宗教势力处以火刑……有读者来信纠正我——被处以火刑的非哥白尼，而是布鲁诺……我不信自己在这一点上居然会错，偷偷翻儿子的历史课本。我对中国历史上王朝更替，皇室权谋，今天你篡位，明天我登基的事件，一点儿也不能产生中国许多男人产生的那种大兴趣。一个时期电视里的清代影视多得使我厌烦，屏幕上一出现黄袍马褂我就脑仁儿疼。但是为了搞清那些令我腻歪的皇老子皇儿皇孙们的关系，我每不惜时间陪母亲看几集，并向母亲请教。老人家倒是能如数家珍一一道来。中国的王朝历史真真可恨之极，它使那么多那么多一代又一代的中国人，包括我母亲这样的"职业家庭妇女"，直接地将"历史"二字就简单地理解为皇族家史了……

　　一个实际上只有初中三年级文化程度的男人成了作家，就一个男人的人生而言，算是幸事；就作家的职业素质而言，则是不幸吧？起码，是遗憾吧？……写作的过程迫使我不能离开书，要求我不断地读、读、读……读的过程使我得以延续初中三年级以后的语文学习……我是一个大龄语文自修生。

致周梅森
——训练写平凡的高超功力

■■■■■■■　您曾代人约稿，嘱我写篇"谈创作"，当时陷于《雪城》下部的文字跋涉，如蚁负荆，创作环境也极劣，难能移思命笔。然拳拳牢记，未敢忘却。

目前，《雪城》下部终于脱稿，即还此"债"。

关于《雪城》的创作，您一直很关心，现在终于可以和您谈谈了。

某些作者，也许是因为写了上部，才写下部的。而我，恰恰反过来，是为了下部，才写上部的。也就是说，更引起我创作冲动的，并非一代知青返城后的种种际遇，而是他们今天1986年，乃至1987年、1988年，成了些什么样的人，在怎样生活着，奋斗着，想怎样生活，处于什么样的矛盾之中，等等。

为了下部必得像现在这样写，才那样子写了上部。两部合在一起，力图能展现一代人的心理历程和生活历程，展现一代人的观念的嬗变。当然，是否展现得较好，我没自信。

《文艺报》今年一月三十日刊有"阳雨"的一篇文章——《文学：失却轰动效应以后》，很有见地。所剖所析，颇能引起我们作家思考，值得一读。

毋庸置疑，中国目前正处于一个商品时代。商品时代的文艺必然带有商品色彩，这也是毋庸置疑的。而"文"与"艺"又不相同，恰如作家与歌星们的社会存在不同一样。与几年前相比，原属于作家们的一大批青年读者，业已被一个又一个层出不穷的歌星们的光彩所吸引了去。

作者们当然不必为此而伤心，各有各的存在根据和存在价值。"阳雨"的文章说得对——"人们变得日益务实以后，一个社会日益把注意力集中在经济发展、经济活动上而不是集中在政治动荡、政治变革和寻找新的救国救民的意识形态上的时候，对文学的热度会降温"。他道出了一种社会性的规律。

相反，我们恐怕应该自觉地意识到：如今当一位作家很难了。如今文学要拥有广大的读者更难了。因为文学所面对的，不是别的什么人为的大敌，而是当代人的普遍的消遣心理。

一篇文学作品，乃至一部影视作品，要做到雅俗共赏，绝非易事。须知，雅俗共赏不是一个低标准，而是一个更高的标准。道理是那么简单。因为对于我们，唯"雅"是从不难，唯"俗"是从也不难。

但我言之"雅"——乃是尘世上仍食人间烟火之雅士们的

"雅";我言之"俗"——一门心思发财的那些"二道贩子"是除外的。不食人间烟火,那"雅"便在天上,地上的作家,是附庸不了他们的"风雅"的。一门心思发财的那些"二道贩子",连想要消遣时也是不看小说的,甚至不怎么看文字——掷保龄、碎电子、跳霹雳、得艾滋病、洗桑拿浴,他们没工夫。他们有他们的活法——"骑着摩托背着秤,跟着老共干革命"——于是他们的"英特纳雄耐尔"一定要实现……

若以为雅俗共赏,便是这两类人同时捧一本什么小说看,那是神仙写的书。雅俗共赏作为一种标准,恐怕还是要限定在喜欢文学的人们之中。否则是一句"热发昏"的话。

还有一点,两年前我便开始思考——当代作家,尤其是我们这批中青年作家,应该培养和训练写平凡的高超能力。倘没有这种能力,我们便只有背向生活写作了。

我们之中的相当一批,是从写所谓"知青小说"起步的。因为我们的经历与下一代相比,似乎有点不那么平凡。但这一点儿"老本"是吃不了一辈子的。今天,我们面对现实,发觉生活变得平凡了。

大书特书不平凡的年代里的人和事,检验作家的功力。写平凡年代里的人和事,而且要从平凡之中见到深刻的嬗变,见到当代人们的心理历程,而且要从平凡之中掘出生动和复杂,更检验作家的功力。我认为我们之中许多人是缺少这样功力的。我认为从目前的文学现状看,我们的许多作家朋友,其实是在"扬长避短"。而那所长,即使是高高飘扬的大旗一杆,也是不能攀举一辈子的。不变就是死亡。而那所短,避得了一时,也是绝对避不了一生的。故我写《雪城》下部，将背景放在了1986年——写城市对于我是弱点。写平凡对于我也是弱点。我必须先克服我自身的弱点。我一向认为，城市难写。生活在城市中的人也难写。一根水泥电线杆，无论怎样写来，总不如一棵树能写得更生动。而一条街，也远不如一个小村庄更能写得生动。写城市更是我的弱点。所以我要克服它，锻炼这方面的笔力。

梅森文弟，您的诸篇小说，包括您的力作，所书所写，其人其事——大抵不很平凡。比如《冷血》，我认为写得很出色，属于有意义而有意思的。在写作旨趣上，我与您颇有相同之处。我喜欢表现粗犷的、壮烈的，甚至惨烈的、悲怆的、悲哀的人或事。这种写作更能激动我。您我不同在于，我前期的写作，悲壮之中绽展着理想主义或英雄主义的孔雀尾巴。这首先是观念上的尾巴。孔雀开屏，因它的尾巴比它本身大，除此之外没有多重要的意义。您的作品比我的作品好——看不出人为着色的理想主义和英雄主义，更接近事物（包括人物）的真实和本质。

但我在《雪城》下部，不但尽力摒除理想主义和英雄主义的水分，甚至已进行着调侃、跺踏和摧毁了。在上部我怀着真情实感塑造的人物，在下部我将他们推翻在地，并且"踏上了一只脚"。

就我的眼光看，理想主义、英雄主义，正从当代人的生活之中逸去。

有人看到了这一点，于是调头而去，想要到别处寻找。

我看到了这一点，于是将脸更凑近生活，看一看同时还消失了些什么，又嬗变出了些什么，滋生出了些什么。

这样看，也会从平凡之中，看到另外的种种不寻常不平凡甚至惊心动魄的东西来。

　　您也不妨这么看一看的。更不妨这么写一写。

　　我们从现在起，都努力训练和培养自己写平凡的能力，这也许是时代对我们这一批人的新的苛刻的要求……

晓声

致蒋子龙

——关于才情

子龙兄：

深谢在津受到的诚挚款待，回厂翌日深夜，便匆匆去了江西。我是北影编剧，即或"遵命文学"，难免也搞搞的。"将在外，君命有所不受"，怎么写，还是要取决于生活本质的启示，虽遵命不唯命。

每到天津，总乐于见你一面，乃因我心目中的你，是文坛的"一条汉子"。中国文坛，倘能总体上有些出息，依赖老的中的少的一批人独立者倔倔昂昂的存在，不趋炎附势，不见风转舵，不搞"青红帮"，不赶时髦，不人为地制造热闹，不立什么山头，不争当什么盟主，不党同伐异，不吹吹拍拍……否则，只怕"出息"不过是"出戏"罢了！

什么样的人成为什么样的作家。故与其他方面相比，我更看重一个作家的独立人格。在这独立的人格之上，才能建树作品的独立风格，或曰风骨。至于才情，那是狼狗和猎狗之间的区别。当然，倘属叭儿狗、板凳狗、观赏狗、供人戏玩的小膝犬之类，是种的不同。也就不能作横向比较。

"才情"二字，是我近来对自己创作进行全面反省的一个思考。

真正有才情的人，是不屑于表现出什么有才情的样子的。信不？不信，便留意观察你周围的人罢！

居电影圈内，见识的就不算少。真正有才情的演员，也大抵是不摆出什么演员架势的。倒是那三四流未入流的，你瞧瞧他们或她们吧，不知该怎么"捯饬"自己了！或花枝招展，或油头粉面，或故作风流倜傥，或一举手一投足似乎都在亮相，一颦一笑也要挤眉弄眼，叫人受不了。生怕别人看不出他或她是演员。生怕别人不将他或她当大演员看待。生怕别人将他或她看俗了，不晓得他或她肚子里装着多少才情呢。恨不得一股脑儿当面呕吐出来让你瞧。极不"卫生"的意识。即使某些有真才情的演员，镜头前也常难免产生表现"自己"一下的欲念。而这时就"过戏"了。

对于作家，道理亦如此。作家，固然须有文学方面的才情。毋庸讳言。有三分才情，就是三分才情。千万别装出有五分的样子。装出来的那二分，塞到作品中，可能会懵住中学生。但稍有修养的读者，会一眼便看出来的。被读者看出，读者就腻味这一套了。有五分才情，更不要装出有十分的样子。读者的眼睛还是非常之厉害的，一篇作品，其中哪些是真实，那些是浮华，哪些是虚妄，不大能骗得过他们。有五分而充十分，是"半瓶醋，乱逛荡"。

我想，作家有时极容易被"才情"二字所误所累，反而写不出真正算得上好的作品了。

"最高技巧，是无技巧境界"。巴金老的这一句话，金玉良言。

技巧也罢，才情也罢，在我看来，永远不是第一位的东西，第一位的东西是真。没这个"真"字，作家笔下的一切文学便没了魂。没魂的文学，也便谈不上朝什么境界提高。"为赋新词强说愁"，该是作家一大忌。也是毛病。

读巴金老《随想录》，朴实无华，宛如与人促膝倾谈。那真是一种享受。思想、精神和灵魂的享受。

作家们愈到晚年，文风往往愈加变得朴实无华。这好像是一条规律。朴实无华的美于文学更是一种难能可贵的境界。我尤其喜爱这样的作品。

我自己就曾有过那种拙劣地显示"才情"的坏毛病。在《这是一片神奇的土地》中暴露得突出。有人给我统计了一下，引用西方神话典故达十七次之多。老天爷！一个短篇，"才情"泛滥若此，活活气死江郎。

作家恐怕天生地应该是那样一类人——明知不可为而为之。鲁迅弃医从文，原以为靠一支笔能扬弃国民的精神，后来连他自己也明知那是难于实现的了。然而他却并没有丢了笔再去当大夫。先生如若也像今日某些作家一样实际，我们就没有《阿Q正传》和《狂人日记》可读了。《阿Q正传》不朽。阿Q的子孙们还在。而鲁迅先生却不在了。

我想，在某些很实际的考虑中，作家丢掉的是直面人生的勇气、批判的勇气、为我们的时代的文明和进步大声疾呼的勇气，尽管有着崭新的、据说是高层次的纯文学的理论钟爱着，究其实质，恐怕不过是维护心理平衡的自圆其说。身在中国目前的现实中，那纯得很纯很纯的文学，我不知为何物。而实际的文坛上，不会翻出怎样了不起的种种花样。当然也出不了大作家。充其量各自仅能脑袋上顶起个作家的桂冠罢了。倘某一天，文学纯到了作家写给作家们或评家们看的份儿上，层次是高得无法再高了，文学也就连根拔起，成为作家或评论家客厅里的盆景了……

《文艺报》上曾有一则消息报道：某大学当代文学研究室一研究生认为，目前根本无须回避文学亦是游戏的问题。这又是什么层次的理论呢？超高层次？我的作品当然是不值得此君研究的。因我写得很苦。从没有在做游戏的轻松和好心境。此君何以会从目前的中国之那些政治的经济的精神的社会的心理因素分析出中国文学该当游戏的这个“目前”，不得而知，令我百思不得其解的是——中国这块贫困的躁动的沉瘵的痛苦的贫血的土地上，何以竟孕育出这么一种贵族式的闺阁心态？也许传世的文学当真应是专为他一类人而写的？那么宁肯自己的作品速朽。

但愿不至于应了陆文夫的一句话——文学若游戏于人间，人间也就只有当它是游戏。

我仍如从前——天狗行空，独往独来。未加入哪一“沙龙”。也未归于何方盟主麾下，永远不。只管按照自己认定的路，咬定青山不放松，走下去就是。闲时，和儿子闹一阵，儿子眼下不失为一个好儿子……谁知将来呢？

天马需有足够飘逸的毛，你我也没那神姿。就永作天狗吧！愿你永别学得那么“实际”，或曰“聪明”。

祝全家幸福！

晓声

不安于习惯

徐明同志：

来信收到，迟复为歉。

小说观念变化很大，评论理论推陈出新，百家鹊起，引导小说风格流派日新月异。这是好现象。中国文学在更宽广的道路上发展繁荣，走向世界，大有希望，大有前途。

你对此种现象感到困惑，似乎无所适从。我亦如此。近读刘心武小说《旋转的王府井》，极受启发。联想文坛，何尝不也在旋转？

旋转会使人不习惯，使人头晕眼花。但细细思考，宇宙从来都是在旋转之中存在的。我们的地球本身不但自转，而且绕着太阳转，何以我们并不感到头晕眼花？原因之一，因为我们习惯了。习惯成自然。

但人类是不安于习惯的，所以发展。所以在发展中进步。倘我们的老祖宗习惯于刀耕火种，吃生肉，披树叶，那不是太可悲么？

北京人应渐渐习惯于王府井的旋转。中国人应渐渐习惯于中国的旋转。中国的作家们应渐渐习惯于中国文坛的旋转。在影像艺术中，摄影机照相机的旋转，造成特殊的艺术效果——提供了丰富艺术的美学经验和审美意识。王府井是刚刚开始在旋转。中国是刚刚开始在旋转。中国的文坛也是刚刚开始在旋转——它旋转出了什么？旋转出了我们从前不习惯接受和欣赏的一批作品。它一旦旋转起来，绝不会以某个人的意志为信号停止。何况旋转并不那么可怕。我尤其认为，文坛更是非旋转不可。只有旋转才迫使作家从新的视角观察一下生活，多一些意识体验和心理体验，变换各自习惯了的创作方法。

电影史上，特写镜头的出现，曾引起观众的恐惧。当观众从银幕上看到比真人的头大几倍的头，一只眼睛，一双手，他们大哗，失声尖叫。甚至提出抗议，认为导演分明亵渎了他们的欣赏。但是今天，连小孩子也习惯于特写，不会向大人发问："电影上的这个人的头为什么那样大呀？"试想一下，没有特写，今天的影视艺术还将停止在什么水平上？

忧虑是不必要的。就目前来看，足以预断，中国的旋转亡不了国。中国文坛的旋转也亡不了中国的文坛。非但亡不了，兴盛即在其中。

你的头晕眼花我很理解。你信中问："目前中国小说的最新流派是什么？"你要从我这里得到一个较明确、较令你信服的判断。然后你要追随这"最新流派"进行创作，以为便会一"崛起"就耸立在中国当代文学的巅峰之上。

　　我的回答是——我不知代表"最新流派"的小说是哪一篇？哪一"派"？确实不知。

　　文学不是时装。文学没有流行色。就算有，你着急忙慌追随时，流行色可能已不怎么流行了。

　　文学是一条河流，从它存在那一天流到如今。一切产生过的文学现象都是必然的。一切湮没了的文学现象也都是必然的。不断地产生，不断地湮没。而人类的文学之流却永不会干枯，它靠的是人类的精神生活养育它。它也反过来在精神方面养育着我们。如果说文学有什么恒久不变的定律，那么我以为，就是它始终与人类的精神宇宙联系着。

　　精神这个词也许不准确。我寻找不到更为准确的词。我用这个词概括情感、意识、观念、伦理、思想、命运。你对文学感兴趣，你不能不对人类的这些方面感兴趣。而你的笔只要是较深入地介入了这些方面，无论你在方法上怎样表现，都一定有其文学的价值。现存在的任何一种文学创作的方法，百年后可能都变成陈腐的。今天最新的，可能被百年后更新的所取代，所否定。文学变化最大的，乃是它的方法和形式。不要存在那样的幻想，以为今天最新的，百年后依然是最新的，你按照最新的"流派"所创作的小说，依然摆放在百年后的文学之巅。这其实也是对文学的功利主义的倾向。

　　只有"现代派小说"，才能将中国当代小说提高到世界水平——这是你的一种观点。

　　我却不信。

　　欣赏过墨菊么？

1981 年我在菊展中第一次见到墨菊，惊呆了。因为我从未见过黑色的任何花。我被它的与众不同所吸引，久难离去。

承认墨菊是花，不因它是黑色的而否定它，歧视它——这是一个人应持的起码的客观态度。

研究它为什么是黑色的？哪些因素使它成为黑色的？——这是科学的态度。如同赞美一切美好的花一样赞美它——这是热情的态度。它是黑色的才更具有审美价值。说百花中仅有墨菊是美好的——这是偏爱。说除了墨菊，其他花简直就不是花了——这是偏激。一个从事文学的人，作家也罢，编辑也罢，评论家理论家也罢，对文学现象，都应努力把握客观认识。偏爱无妨，偏激有害。

我相信，中国当代小说，定会从西方"现代派"小说中吸取多方面的有益营养，拓宽创作道路，丰富风格流派。但却未见得只能以完全彻底的"现代派"的面貌走向世界。

我们希望的为之努力的还是一个"百花齐放"的繁荣景象——其中当然包括墨菊。如果以为墨菊最美好且最名贵最高雅，一座花园中遍种之，触目皆黑，弃五彩缤纷于"俗"——那这花园则太像灵堂了！

以上只言片语，权作相互探讨。有不当处，恳请赐教。

此致

敬礼！

梁晓声

选择的困惑

■■■■　某次，与林非先生共同参加一次文学颁奖活动，我就坐在他的旁边。确切地说，那是一次中学生作文赛的颁奖活动，台下是来自全国许多省份的获奖中学生。他们胜出的比例是一比一百多。我在表示祝贺时说，他们实在是有理由感到骄傲的。作文与文学创作当然是不同的。但我认为，经过数道评委们的筛选，以一比一百多的比例胜出了的优秀作文，是完全可以用看待文学作品的眼光来看待的。

回答问题是免不了的。同学们有的向我提问，有的向林非先生提问。林非先生是我所尊敬的文学界长者，然而我却是第一次见到他。

我留心到，林非先生在回答中学生们的问题时，第一句话总是这样说——"这个问题，我不一定能够回答得好，但我争取给同学们一个满意的回答……"

其谦彬彬，其诚笃笃，令我肃然。并且，他的回答，言之成理，每次都是确乎令同学们满意的。我相信，他的话对同学们是大有裨益的。活动结束以后，我搀着林先生往台下走时，情不自禁地对他说："我要向你学习。"林先生站住，看着我不解地问："向我学习什么呢？"我说："谦虚。以后我也要对我的学生们经常说——这个问题我不一定能够回答得好……"林先生连道："是啊，是啊，太复杂了。所以回答好一个关于文学的问题，即使是由中学生提出来的，实在不是一件容易的事情了。"他沉吟片刻，又说："我们头脑之中以前认为肯定正确的文学理念，现在又剩下了多少呢？还能自信到什么程度呢？"我默然，深思……后来，无论在课堂上回答我的学生们的问题时，还是在指导我的学生们的论文时，我偶尔开始这么说了："这个问题我不一定能够回答得好……"有时还要加上一句："这个问题我的看法也不一定是对的……"

然而我发现——在我这儿，谦虚的效果并不那么好。因为，我的学生们希望听到的是我的自信的回答。毕竟，我与文学发生的亲密关系，比他们要长久得多；我读的书，也比他们要多得多；我头脑里每每思考不止的关于文学的理念，还要比他们多。我较善于将诸种关于文学的现象，置于中外文学史的宏大背景之下来进行考量；而那史，对于他们，往往只不过是书本上的概述或年表……

我的学生们虽然也像大多数当代青年们一样个个无比自负，但他们内心里又都十分清楚，他们明白的终究还是太少了。倘我一味谦虚，连我应该肯定地回答的一些问题，都不作肯定的回答了，那么他们非但不会欣赏我的谦虚，反而会对我大失所望的。

由此我想到了另一个问题，即选择的困惑。

通常情况之下，我们在好的、不好的，甚或坏的三种答案间进行选择时，其实并非一件难事。这三种答案，大多数情况之下区别是显而易见的。难就难在，有时候我们所面临的选择不是三种，仅是两种，而且两种都是坏的。

在青少年面前自骄自大，俨然以"祖师爷"自居，或在他们面前无原则巴结，尽显奉迎取悦之能事，便都是坏的选择。如果一个人把自己弄到了在青少年面前只剩那么两种态度选择的地步，那么自己首先也就着实地可悲了。

反过来也难。比如林非先生的谦虚，无疑是长者的美德；而我有时候敢在青少年们面前大声说——你们肯定错了！你们要相信我一次，我的话是对的！这态度也是要的。

倘我变了，青少年们所能听到的，坚决不赞同他们的声音，只怕就更稀少了。倘我行我素，我在青少年们眼里，可能就渐变为一个自以为是，动辄一厢情愿地诲人不倦好为人师的讨厌之人了。谦虚的修养，我所欲也。"你们青少年肯定错了！"——这一种成年人的话语权，我也还要坚决地保留。

正所谓鱼与熊掌，二者不可兼得，是以困惑。但目前，困惑期已经过去。因为在我写这一篇小文时，终于自行地想通了——正确的话正因为它是正确的，所以最没有必要厉声厉色地来说。

"我不一定能够回答得好，让我尽量给你们一个满意的回答……"

对于我，学林先生那么谦意彬彬地对青少年们说话，是一种修养方面的进步。

"你们肯定是错了，而我是对的。因为我说出的不是我一个人的想法，而是通过我的嘴，将数千年来中外某些关于人类原则的思想成果告知给你们……"

如果我对自己的话无比自信，我也完全可以继续以我的语言方式与青少年，包括我的学生们沟通——只要不再以训人的方式。甚或，就是偶尔又训了，也不必太过自责。

中国之当代某些青少年，有时确乎也是需要有几分胆量的人训训才好的；训了而遭千万只狼崽子似的"围咬"，又何必害怕？

他们毕竟不真的是狼崽子，而是我们的孩子。无论已多么像狼崽子，归根结底，那错也首先错在我们大人。因为一个事实是明摆着的——某些关乎人性的伦理的人类荣耻观的底线，不是我们的孩子们突破瓦解了的。有据可查。查一查，恐怕我们成年人不得不承认——那首先是我们可耻地干下的事情。

底线已遭处处突破，人性的普世伦理已遭大面积的瓦解，是非界限表面看似乎混乱不清，我理解林非先生口中说出的"复杂"二字，大概是感慨于此吧？在这种情况之下，成年人与青少年交流、沟通，谦虚抑或相反，倒还在其次了。

更重要的是——我们要将一种人类文明发展至今显而易见、不言而喻、毫无疑问的世事观点表述得较为正确，在我们的青少年们连对那样一些世事观点也质疑多多时，使他们信服他们所接受了的是正确的观点，这已经不是一件容易之事了。

我其实并不好为人师。

而我现在"不幸"已为人师。

更不幸的是——我对由自己口中说出的不管文学的、文化的还是世事的观点，真的是否正确，竟越来越缺乏自信了。

悲哉也夫！

想来，也只有开口之前，认真，再认真地思考思考了。

文化表情

世界上的许多事情，只要下决心去做，都有可能获得成功，都有可能取得成绩。做，就是实践。实践，是要讲究科学性的。科学性的实践，也就是合理性的符合一定规律的实践。只有这样的实践，获得成功的可能性才更大些。

——《浅谈电影与文学》

我对俄罗斯文学
怀有敬意。
——《致友人书——外国文学之影响》

中国的诗与歌

　　《声律启蒙》，实在是世界上关于文字诗性的最优美的蒙学读本；其优美唯有汉文字能够体现，译成任何别国文字，都将必然地优美顿减。有些句子，使人觉得其美不可译，或比唐诗宋词更难译——因为直接是典；而典非一般词句，乃故事的高度概括。不将故事交代明白，便会意思混乱；若将故事译全，则诗非诗，而是小说了。

　　全世界的翻译家一致认为，古汉语是最难译的语种之一，深奥如古梵文经意。难译不见得是优点，却极能证明古汉语的独特魅力。

　　将外国文字译为汉语，即使是音译，也有了诗意。如"枫丹白露""香榭丽舍""爱丽舍宫""莱茵河""富士山""雨果""海涅""雪莱""乔叟""拜伦""歌德""海明威""村上春树"——这乃因为，单独一个汉文字往往便有自身意境，两三个汉文字的组合往往便是意境的组合，遂使意境相当丰富，于是诗意盎然。而由字母组成的文字难以具有此点。

我第一次看《声律启蒙》，立刻被吸引住了。一看良久，不忍放下。

> 云对雨，雪对风，
> 晚照对晴空。
> 三尺剑，六钧弓，
> 岭北对江东。
> 春对夏，秋对冬，
> 暮鼓对晨钟。
> 明对暗，淡对浓，
> 上智对中庸。

这些是简单的声律样句，却多么有趣呀！正因为有趣，估计对古代的孩子们而言，熟背不至于感到特别厌烦吧？寓教于乐，我想古人确实做到了。

> 两鬓风霜，
> 途次早行之客；
> 一蓑烟雨，
> 溪边晚钓之翁。
> 秋雨潇潇，

漫烂黄花都满径；
春风袅袅，
扶疏绿竹正盈窗。

　　这样的句子，就并非简单的声律样句，而只是对仗甚工的诗行了。字字寻常，句句浅明，怎么一经如此组合，看也罢，读也罢，就其意也浓，其境也雅了呢？

阵上倒戈辛纣战，
道旁系剑子婴降。
出使振威冯奉世，
治民异等尹翁归。

　　一用典，就难译了。看着也没诗意，读着也不上口了。显然，是要在授以声律要点的同时，兼顾史中人、事的知识——前边说过，蒙学读本的一项宗旨，便是文史哲的融会贯通。用心是好的，效果却可能适得其反。

去妇因探邻舍枣，
出妻为种后园葵。

　　以上两句，分别讲的是汉朝的事和春秋时期的事——一个男人仅仅因为妻子采摘了邻舍的一些红枣，便将她赶出了家门；另一个男人则因为妻子在后园种了葵菜，而干脆把她休了——这样的内容，属糟粕，绝无蒙学意义，倒是男尊女卑的思想分明。多大点儿事，至于吗？灌输给儿童，有害无益。

还是以下一类样句好：

> 笛韵和谐，
> 仙管恰从云里降；
> 橹声咿轧，
> 渔舟正向雪中移。
> 平展青茵，
> 野外茸茸软草；
> 高张翠幄，
> 庭前郁郁凉槐。

这类样句极有画面感，有声有色，有动有静，有形容有比喻，不但能使儿童少年感受到汉文字的美质，还有利于助他们启动想象的脑区。

由是想到，如今的家长们，比以前更加重视小儿女学前的智力启发了，若单论语文方面，我认为《声律启蒙》中的某些样句，值得陪伴孩子们背背，因为有趣，游戏性显然。若家长能与孩子互动，你背上句，我对下句，效果肯定尤佳。但一定要有选择，去其糟粕，剔除淫典，引用浅白易懂的。比背唐诗宋词好——在声律的美感方面，对仗的妙处方面，唐诗宋词亦不能及。

　　又想到，随着弘扬传统文化的热度升高，有些家长干脆将《三字经》《百家姓》《千字文》《弟子规》之类塞给孩子，迫使读之。牛不喝水强按头，肯定是不对的。先讲明以上蒙学读物的益处，使孩子在不反感的情况下读读，良好目的才能达到。《百家姓》是根本不必让孩子背的。为什么非要背它，完全没必要。但从中选出几个少见的姓告诉孩子，也不失为趣味性知识的给予。《三字经》读读前边有关常识的部分就可。比之于《三字经》，《千字文》编得并不算好，除了个别句子有助于好品行的养成，大多数句子在道理与知识两方面都算不得上乘。《弟子规》主体是好的，可去琐细之句。若不以挑剔之眼看待，《朱子家训》堪称优质读物，除有几句对女性的偏见之言，任何年龄的人读了都会受益匪浅，内容涉及日常生活，为人处世的方方面面，接地气，非高蹈教诲。

　　并且还由《声律启蒙》想到——古汉语中，之乎者也矣耶兮焉哉等助语单字的应用，在白话文运动中备受嘲讽，其实也是对汉字及汉语言特点的非客观看法。古汉语在应用中因为不用后来的标点符号，所以必须通过那些助语单字来烘托行文的情绪色彩。者、也、矣往往起的是句号作用；乎、耶、焉往往起的是问号作用，"焉"的问号作用起在前边——"焉能辨我是雄雌"便是一例；兮、哉二字，每具有感叹号的作用——"哉"用于后，而"兮"亦常用于句中，不用情绪色彩就不饱满；"之"在汉文字中的作用亦非同一般，是能使语感抑扬有致，切缓得当的一个字，如"关关雎鸠，在河之洲""参差荇菜，左右流之""桃之夭夭，灼灼其华""之子于归，宜其室家"……不用"之"，那样的一些诗句便不成诗了，好比歌——如果将某些歌中的"啊""那依呀""赫尼那""耶""喂"等拖音字去掉，那些歌也没法唱了。

> 马儿喂，
> 你慢些走来慢些走……
> 二呀么二郎山，
> 高呀么高万丈……

《草原之夜》句尾的"嘿"字，被歌者拖得多么长——却也正是我们爱听的。

古代的诗，都是要能唱的。更有些诗，起初原本是歌，不用以上助语单字，古代的歌也没法唱了。

> 彼采葛兮，
> 一日不见，
> 如三月兮。
>
> 坎坎伐檀兮，
> 置之河之干兮，
> 河水清且涟漪。

从《诗经》中不难看出，凡是助语之字用得多的，必是先歌后诗，较为原汁原味来自民间的一类，文人加工的痕迹少。而凡是文人加工痕迹显然的，任意随心地唱就不那么容易。不信者，自己唱《载驰》，唱《氓》试试看！

文人总是喜欢将歌弄成诗；而民间却更希望将诗唱成歌。由于文人以后多了起来，从文艺的史来看，便诗多歌少了。因为科举考的是诗，内容以"官方"限定"教材"为主，文人都热衷于跻身仕途，肯收集和整理民间歌词者便鲜有矣。

对于古代民歌，幸还有《诗经》流传了下来。

惜乎！唯《诗经》耳。

任何一场运动，即使确实伟大，无论多么伟大，都是可以而且应该从是非两方面来评说的。

"五四"、新文化运动对传统文化一概否定，恨不能铁帚扫而光——其偏激也。

鲁迅言："汉字不灭，中国必亡。"——实属不该说的话啊！

文明的尺度

某些词汇似乎具有无限丰富的内涵，因而人若想领会它的全部意思并非一件简单的事情。比如宇宙，比如时间。不是专家，不太能说清楚。即使听专家讲解，没有一定常识的人，也不太容易真的听明白。但在现实生活之中，却仿佛谁都知道宇宙是怎么回事，时间是怎么回事。

为什么呢？因为宇宙和时间作为一种现象，或曰作为一种概念，已经被人们极其寻常化地纳入一般认识范畴了。大气层以外是宇宙空间。一年十二个月，一天二十四小时，每小时六十分钟，每分钟六十秒。

这些基本的认识，使我们确信我们生存于怎样的一种空间，以及怎样的一种时间流程中。这些基本的认识对于我们很重要，使我们明白作为单位的一个人其实很渺小，"飘乎若微尘"。也使我们明白，

"人生易老天难老"，时间即上帝，人类应敬畏时间对人类所做的种种之事的考验。由是，我们的人生观价值观大受影响。

对于普通的人们，具有如上的基本认识，足矣。

"文明"也是一个类似的词。

东西方都有关于"文明"的简史，每一本都比霍金的《时间简史》厚得多。世界各国，也都有一批研究文明的专家。

一种人类的认识现象是有趣也发人深省的——人类对宇宙的认识首先是从对它的误解开始的，人类对时间的概念首先是从应用的方面来界定的。而人类对于文明的认识，首先源于情绪上、心理上，进而是思想上、精神上对于不文明现象的嫌恶和强烈反对。当人类宣布某现象为第一种"不文明"现象时，真正的文明即从那时开始。正如霍金诠释时间的概念是从宇宙大爆炸开始。

文明之意识究竟从多大程度上改变了并且还将继续改变我们人类的思想方法和行为方式，这是我根本说不清的。但是我知道它确实使别人变得比我们自己可爱得多。

二十世纪八十年代我曾和林斤澜、柳溪两位老作家访法。一个风雨天，我们所乘的汽车驶在乡间道路上。在我们前边有一辆汽车，从车后窗可以看清，内中显然是一家人。丈夫开车，旁边是妻子，后座是两个小女儿。他们的车轮扬起的尘土，一阵阵落在我们的车前窗上。而且，那条曲折的乡间道路没法超车。终于到了一个足以超车的拐弯处，前边的车停住了。开车的丈夫下了车，向我们的车走来。为我们开车的是法国外交部的一名翻译，法国青年。于是他摇下车窗，用法语跟对方说了半天。后来，我们的车开到前边去了。

我问翻译："你们说了些什么?"

他说，对方坚持让他将车开到前边去。

我挺奇怪，问为什么。

他说，对方认为，自己的车始终开在前边，对我们太不公平。对方说，自己的车始终开在前边，自己根本没法儿开得心安理得。

而我，默默地，想到了那法国父亲的两个小女儿。她们必从父亲身上受到了一种教育，那就是——某些明显有利于自己的事，并不一定真的是天经地义之事。

隔日我们的车在路上撞着了一只农家犬。是的，只不过是"碰"了那犬一下。只不过它叫着跑开时，一条后腿稍微有那么一点儿瘸，稍微而已。法国青年却将车停下了，去找养那只犬的人家。十几分钟后回来，说没找到。半小时后，我们决定在一个小镇的快餐店吃午饭，那法国青年说他还是得开车回去找一下，说要不，他心里很别扭。是的，他当时就是用汉语说了"心里很别扭"五个字。而我，出于一种了解的念头，决定陪他去找。终于找到了养那条犬的一户农家，而那条犬已经若无其事了。于是郑重道歉，主动留下名片、车号、驾照号码……回来时，他心里不"别扭"了。接下来的一路，又有说有笑了。

我想，文明一定不是要刻意做给别人看的一件事情。它应该首先成为使自己愉快并且自然而然的一件事情。正如那位带着全家人旅行的父亲，他不那么做，就没法儿"心安理得"。正如我们的翻译，不那么做就"心里很别扭"。

中国也大，人口也多，百分之八九十的人口，其实还没达到物质方面的小康生活水平。腐败、官僚主义、失业率、日愈严重的贫富不均，所有负面的社会现象，决定了我们中国人的文明，只能从底线上培养起来。二十世纪初，全世界才十六亿多人口。而现在，中国人口只略少于一百年前的世界人口而已。

所以，我们不能对我们的同胞在文明方面有太脱离实际的要求。无论我们的动机多么良好，我们的期待都应搁置在文明底线上。而即使在文明的底线上，我们中国人一定要改变一下自己的方面也是很多的。比如袖手围观溺水者的挣扎，其乐无穷，这是我们的某些同胞一向并不心里"别扭"的事，我们要想法子使他们以后觉得仅仅围观而毫无营救之念是"心里很别扭"的事。比如随地吐痰，当街对骂，从前并不想到旁边有孩子，以后人人应该想到一下的。比如中国之社会财富的分配不公，难道是天经地义的吗？我们听到了太多太多堂而皇之天经地义的理论。当并不真是天经地义的事被说成仿佛真的是天经地义的事时，上公共汽车时也就少有谦让现象，随地吐痰也就往往是一件大痛其快的事了。

中国不能回避一个关于所谓文明的深层问题，那就是——文明概念在高准则方面的林林总总的"心安理得"，怎样抵消了人们寄托于文明底线方面的良好愿望？

我们几乎天天离不开肥皂，但肥皂反而是我们说得最少的一个词；"文明"这个词我们已说得太多，乃因为它还没成为我们生活内容里自然而然的事情。

这需要中国有许多父亲，像那位法国父亲一样自然而然地体现某些言行……

论"苦行文化"之流弊

██████　　理念好比粘在树叶上的蝶的蛹——要么生出美丽，要么变出毛虫。

不知从什么时候开始，从报刊上繁衍着一种荒唐又荒谬的文化意识，我把它叫作"苦行文化"的意识。

其特征是——宣扬文化人及一切文艺家人生苦难的价值，并装出很虔诚很动情的样子，推行对那一种苦难的崇拜与顶礼。

曹雪芹一生只写了一部《红楼梦》，而且后来几乎是在贫病交加，终日以冻高粱米饭团充饥的情况之下完成传世名作的。

在我看来，这是很值得同情的。我一向确信，倘雪芹的命运好一些，比如有条件讲究一点饮食营养的话，那么他也许会多活十年。那么也许除了《红楼梦》，他还将为后世再多留下些文化遗产……

有些人可不是这么看问题。他们似乎认为——贫病交加和冻高粱米饭团构成的人生，肯定与世界名著之间有着某种意义重大的、必然的联系。似乎，非此等人生，便断难有经典之作……

仿佛，曹雪芹的命，既祭了文学，那苦难就不但不必同情，简直还神圣得很了。

对于梵高，他们也是这么看的。

还有八大山人……

还有瞎子阿炳……

还有古今中外许许多多命运悲惨凄苦的文化人和文艺家……

仿佛，中国文化和文艺的遗憾，甚至唯一的遗憾仅仅在于——中国再也不产生以自己的命祭文化和艺术，并且虽苦难犹觉荣幸之至犹觉神圣之至的人物了！

这真是一种冷酷得近乎可怕的理念，也无疑是一种病态的逻辑意识。好比这样的情形——风雪之日一名工匠缩在别人的洞里一边咳血一边创作，足旁行乞的破碗且是空的，而他们看见了却眉飞色舞地赞曰："好动人哟！好伟大哟！伟大的艺术从来都是这么产生的！"要是有谁生了恻隐之心欲开门纳之，暖以衣袍，待以茶饭，我想象，他们可能还会赶紧地大加阻止，斥曰："嘟！这是干什么？尔等打算破坏真艺术的产生么？！"

如果谁周围有这样的人士，那么请观察他们吧！于是将会发现，其实他们的言论和他们自己的人生哲学是根本相反的——他们不但绝不肯为了什么文化和文艺去蹈任何的小苦难，而且，连一丁点儿小委屈小丧失都是不肯承受的。

但他们却总是企图不遗余力地向世人证明他们的文化理念的纯洁

和至高无上。证明的方式几乎永远是礼赞别的文化人和艺术家的苦难。似乎通过这一种礼赞，宣言了他们自己正实践着的一种文化和艺术的境界。而我们当然已经看透，这是他们赖以存在，并且力争存在得很滋润很优越的招数。我想，文化人和艺术家自身命运的苦难，与成就伟大的文化和伟大的艺术之间的关系，虽然有时是直接的，但并非逻辑上是必然的。鲁迅先生曾说过——"文章憎命达"。当然这话也未必始于鲁迅之口，而是引用了前人的话。

这是有一定道理的。如果一个人生来有福过着王公般的生活，那么创作的冲动和刻苦，就将被富贵的日子溶解了。例外是有的，但是大抵如此。

鲁迅先生在一篇小品文中也传达过这样的观点——倘人生过于不济，天才便会被苦难毁灭。不要说什么大苦大难了，就是要写好一篇短文，一般人毕竟尚需一二小时的安静。倘谁一边在写着，一边耳闻床上的孩子饥啼，老婆一边不停地让他抬脚，并一棵接一棵往他的写字桌下码白菜，那么他的短文是什么货色可想而知……

全世界一切与苦难有关的优秀的文学和艺术，优秀之点首先不在产生于苦难，而在忠实地记录了时代的苦难。纳粹集中营里根本不会产生任何文学和艺术，尽管那苦难是登峰造极的。记录只能是后来的事。"文革"十年，中国之文学和艺术几乎一片空白，不是由于当年的文学家和艺术家都幸福得不愿创作了，而是恰恰相反。

这么一想，真是心疼曹雪芹，心痛梵高，心痛八大山人和瞎子阿炳们啊……

在他们所处的时代，倘有文化人和艺术家的人生救济基金会存在着的话，那多好啊！

　　还有伟大的贝多芬，我们人类真是对不起这位千古不朽的大师啊！他晚年的命运竟那么的凄惨，我们今人在富丽堂皇的场所无偿地演奏大师的乐章，无偿地将他的命运搬上银幕，无偿地将他的乐章制成音带和音碟，并且大赚其钱时，如果我们居然还连他的苦难也一并欣赏，我们当代人多么的不是玩意儿呢?!

　　"苦行文化"的意识，是企图将文化和艺术用某种崇敬意识加以异化的意识。而这其实是比文化和艺术的商业化更有害的意识。

　　因为，后者只不过使文化和艺术泡沫化。成堆成堆的泡沫热热闹闹地涌现又破灭之后，总会多少留下些"实在之物"；而前者，却企图规定文化人和艺术家的人生应该是怎样的，不应该是怎样的。并且误导世人，文化人和艺术家的苦难，似乎比他们留给世人的文化遗产和艺术经典更美！起码，同样的美……

　　不，不是这样的。文化人和艺术家的苦难，从来不是文化和艺术必须要求他们的，也和一切世人的苦难一样，首先是人类不幸的一部分。

　　我这么认为……

浅谈电影与文学

■■■■■■　　1979年秋末的一天傍晚，下着很大的雨，有一个外地青年来到了编辑部。他身上的衣服淋透了，嘴唇冷得有些发紫。他说，他是为了送自己写的电影剧本，专程从外地赶到北京来的。我接待了他。通过交谈，知道他才二十三岁，是河南某县农村中一个务农青年。他向我倾诉了自己对电影艺术的酷爱，表达了他将来要成为一个电影编剧家的志气和决心。然后，从书包里取出了自己写作的电影剧本——三个，极其郑重而又极其自信地交给了我。他希望我能尽早看完。因为他是借宿在别人家里的。考虑到他的具体情况，又见那三个剧本都并不很长，我应允他隔天上午来听答复。第二天一整天，我放下其他一切编辑工作，集中精力认真地阅读了这位青年写作的电影剧本。三个剧本都读完，我感到茫然了。我甚至不知道第二天见到他时，该对他说些什么。"剧本"毫无基础，没有半点经过扶植可能成功的希望。通篇都是错别字，语句不通，还没有掌握标点符号的常识性用法；更不必去谈结构、立意、人物、情节、细节、电影化等其他诸方面了。可以说，他还不是一个文学青年。更严格说，他还不是一个具有起码文化知识水平的青年。当然，这绝不能怪他。十年动乱，剥夺了许多像他这样的青年的学习权利，耽误了许多青年的学习机会。而且有一点他还是令我感动和钦佩的——一个文化程度不高的农村青年（他还没有读完初中），在务农劳动之余，写下近十万字的文字，仅仅这一点，就是需要一些毅力和恒心的。我想到在第一天的交谈中他告诉我，他的家乡那一年受灾，收成不好，工分很低，从河南到北京的路费，要花掉他全年工分收入的三分之一还多。于是我沉思起来，预想着第二天见到他应该怎样对他说，才能既不伤他的心，不使他感到是泼冷水，而又能够使他明确这样一点：对于他来说，首要的先是如何提高自己的起码的文化知识水平和一般文学素养。

　　要写作电影剧本的青年，首先应使自己成为一个文学青年，首先应该对文学的其他形式，如：诗歌，散文，特写，报告文学，短篇小说等，具有一定的欣赏能力和阅读水平，具有一定的写作水平或经验。没有这一点做起码的基础，我认为要创作电影剧本并获得成功，是无从谈起的事。仅凭热情、爱好、兴趣是不行的；仅有急于成功的个人愿望也是不行的，甚至可以说是无益的。

　　有没有并没认识到这一点的青年呢？有的。编辑部每个月收到的数以百计的稿件中，相当多一部分就是这样一些青年写来的。

　　有一位青年在附信中写道："寄给你们的这个剧本，是依据我亲身经历过的一些事写的。我最先想把它写成短篇小说，实践中感到写小说很困难，便打消了念头。也曾想把它写成报告文学，但似乎对我来说更难写，于是决定还是写成电影剧本吧，果然几个晚上就写成功了……"

在这位青年看来，写一个电影剧本，竟是比写一篇短篇小说或报告文学容易得多的事！实际上并非如此。他的剧本写倒是写出来了，但距一般发表水平也还差得远，当然更不可能拍摄了。

还有一位青年在附信中写道："先从散文、小说等一般较短小的文学形式写起，写熟练了，摸索出一定的写作经验了，然后再写电影剧本，才有成功的可能……这一类文章我读过不少，这一类话我也听过不少，但我偏不信邪！电影就那么神秘吗？我偏要起手就从电影剧本写起，我不相信我不可能成功……"

这位青年的坦率是可敬的。电影当然并不神秘。世界上的许多事情，只要下决心去做，都有可能获得成功，都有可能取得成绩。做，就是实践。实践，是要讲究科学性的。科学性的实践，也就是合理性的符合一定规律的实践。只有这样的实践，获得成功的可能性才更大些。我们希望并建议某些酷爱电影创作的青年首先从其他文学形式，如从短篇小说实践起，这是写作电影剧本的一般规律。

可以这样认为，没有文学这位艺术母亲的哺育，便没有电影这位艺术女神的成长。迄今为止，电影史上记载下来的优秀的影片，大抵都是具有文学价值的影片。

一个电影编剧者或一个电影编剧家，他的文学功底、文学修养和文学素质如何，决定他写作出或优或劣的电影剧本来。一个文学功底浅薄，文学修养不高，文学素质低俗的人，即使能够写出电影剧本来，即使这样的电影剧本也发表了，也拍摄了，那也只能是一部平庸的影片。

如果要我给电影下一个"定义"的话，我这样认为：电影是用摄影机的"笔"写在胶片上的文学，不过依赖的不是文字表述手段，而是表演、导演、摄、录、美等艺术手段。电影可能也可以脱离戏剧的艺术程式，但永远也难以彻底脱离文学的属性。脱离了文学属性的电影，很难设想还能成其为电影艺术。电影与文学，像一母所生的两姊妹，既具有迥然不同的艺术特性，也具有彼此相同的艺术共性。既有特性，也有共性，哪一点更为重要呢？我认为是后者。因为，在一般情况下，后者更多地体现在内容方面。而前者更多地体现在形式方面。无论是一个电影编剧者还是一个电影编剧家，如果对电影内容的文学性方面重视不够，就算对电影的特殊表现手段再熟悉，能够掌握和运用得再巧妙，他也最多只能写出内容空洞贫乏，而形式似乎巧妙美好的剧本来。这正如一幅镶在框子里的画一样，是一个整体。倘若画本身并不怎样高明，框子制作得再精细堂皇，也难以被公认为一幅优秀的美术作品。

在这样一篇字数有限的文章中，又不吝惜笔墨去谈到一点电影史，无非是要进一步阐明一点：热爱电影创作的青年，首先应培养起对文学的兴趣；要提高自己的文学欣赏水平和文学修养；要有起码的文学创作实践；要积累起码的文学创作经验。科学方面有基础理论，电影艺术方面也有基础理论。要面对这个基础，要承认这个基础论，要信服这个基础论。

诗歌，散文，小说……几乎所有的文学形式的素养，都对写作电影剧本大有益处。

比如古诗词："枯藤老树昏鸦……古道西风瘦马。""窗含西岭千秋雪，门泊东吴万里船。"

简短的两句，就描绘出了优美的景色，就勾勒出了银幕上的可见性很强的画面。

电影与文学相比，其主要的特性之一，就是前者诉诸视像，后者诉诸文字；前者强调可见性，后者强调可读性。古今中外，许多文学作品被改编成电影剧本搬上了银幕，不妨找些来看看，对比地看看。先看原作，后看改编的剧本，有可能的话，再看看搬上银幕的电影。看得多了，从中是可以找出某些规律性来的。

我自己在编辑工作之余，出于提高业务水平的目的，写过几篇短篇小说。有朋友怂恿我："你已经能够写小说了，为什么不尝试写电影剧本呢？"自己也不免地建立起一点自信心，于是真的就动笔写了。写是写出来了，但并没有成功。没有成功的原因，主要并不是因为我对电影的艺术特点还不够熟悉。这无疑地是一方面的原因。但绝不是主要的原因。主要的原因是什么呢？是内容。主人公的时代脉搏，性格分寸，性格的逻辑和发展，情节的铺陈，细节的真实，矛盾的焦点，思想的开掘，等等，等等。一句话，在电影剧本的文学基础方面并没有达到应有的水平。于是我对自己有了一个清醒的分析和认识。于是我不得不承认，自己在不甚熟悉电影艺术特性的同时，文学功底还是很不扎实的，文学修养还是很浅薄的。写作电影文学剧本，对于我来说，还需要较长期的、较深厚的文学基础的预备。

有的青年同志或许会反问："你是不是把电影和文学的关系，把电影的文学性夸大到了不相适的程度呢?"

不,并没有夸大。一个写作电影剧本的人,他的文学修养和水平越低,越肤浅,越模糊,越没有深厚的根基,越没有追求和提高的愿望,他就只能写出最一般化的,缺乏新意和深刻性的,"马马虎虎过得去"的平庸的剧本。即使他能接二连三地写出来,那也充其量是个"电影编剧匠"而已。

我如此强调一个写作电影剧本的人的文学修养和电影艺术本身的文学性,并不意味着我认为可以忽略电影的艺术特性。事实上,作家,包括优秀的作家,未必一定能够写出电影剧本来。某些文学性很强、文学价值很高的小说,也未必能够拍成一部优秀的影片。据说鲁迅先生也曾萌发过写作电影剧本的念头,后来终于还是放弃了。高尔基也曾很想接触电影,甚至亲自动笔写过几个剧本,但既没有发表出来,也没有拍摄出来。但这并非说明电影的艺术特性不可掌握,玄乎其玄。一般说来,电影的艺术特性,更多地体现在导演们的艺术劳动之中。

我阅读过许多这一类剧本,写得像导演的工作脚本一样,推、拉、摇、移、淡出、化入……许多电影艺术手段都运用到了,而且运用得还很熟练,导演拿着这样的剧本,简直就不必进行"艺术再创作"可以直接拍摄了。但这一类剧本往往还是因其文学内容的贫乏而失去可扶植的价值。

目前,电影观众都在呼吁提高电影的艺术质量。电影的艺术质量,包括诸多方面。但我认为目前很需要提高的、也是必须提高的,仍是电影的文学性。进一步说,是电影编剧队伍本身的文学修养和文学素质。对于职业编剧尚且如此，对于我们热爱电影创作的青年，更是如此了。青年业余电影创作者，是电影编剧队伍的后备力量。此中，有一定生活阅历，有一定素材积累，有对社会对生活的独特见解，如果同时具有一定的文学修养和文学写作水平，如果这种修养和这种水平稳步提高的话，某些青年业余电影创作者，是有希望达到成熟的编剧水平的。

有些青年朋友曾对我说过这样的话："某某，某某，从来也没有过什么文学创作实践，一开始就写电影剧本，而且一举成名，这又作何解释呢？"

一举成名的事，文学界是有的，电影界也是有的。"成名"是结果，而"一举"之前，是有无数次"试举"的。人们习惯于看到别人成功的结果，而在此之前的种种努力，往往不太被人注意。

让我们把兴趣、爱好与热情，变成科学的、刻苦的学习态度，为我们将来可能写出较好的电影文学剧本而努力吧！

致友人书

——外国文学之影响

朋友：

你问，外国文学对我的创作有何影响？

我坦率回答，外国文学，尤其俄罗斯文学、美国文学、英国文学和法国文学，不但对我的创作施加了直接的影响，而且对我走上文学道路也施加了直接的影响。说来你也许会觉得荒唐，觉得可笑——在我还未成为作家之前，我甚至写过一篇"外国小说"。更准确地说，写过一篇"俄罗斯小说"。我的意思是，人物全部套用苏联名称，背景也放在一个俄罗斯小村庄。故事的框架乃《杜十娘怒沉百宝箱》。贵族少爷取代了李甲。十娘易名"尤丽雅"——这个名字的专利应属于十八世纪俄国著名的感伤主义作家卡拉姆辛的一篇小说。区别在于，以感伤主义饮誉的卡拉姆辛的《尤丽雅》，情调非但不感伤，简直很乐观。而我写至"尤丽雅"怒焚百宝箱之时，却禁不住潸然泪下。"焚"这一"篡改",又"窃思"于陀思妥耶夫斯基的《白痴》……

那是十六七年前在北大荒当兵团战士时的事了。那是很有意思的一次"实践",当然,仅仅是为了写给自己看,也仅仅是为了有件很有意思的事做,或曰"聊以自娱"。从未产生拿这样的一篇东西去发表的念头,不过是二三好友之间传阅,权作消遣罢了。以后,也再未进行过同样的"实践"。

我对俄罗斯文学怀有敬意。

一大批俄国诗人和小说家使我崇拜——普希金、莱蒙托夫、果戈里、赫尔岑、屠格涅夫、陀思妥耶夫斯基、托尔斯泰、契诃夫、高尔基等等。

我觉得俄国文学是世界文学史上的奇特现象。在十二世纪以后,它几乎沉寂了五百年之久。至十九世纪,却名家辈出,群星灿烂。高尔基之后或与高尔基同时代的作家,如法捷耶夫、肖洛霍夫、马雅可夫斯基等,同样使我感到特别亲切。更不要说奥斯特洛夫斯基了——《钢铁是怎样炼成的》,几乎就是当年我这一代中国青年的人生教科书啊!

高尔基之前的俄国文学,大抵带有忧郁的、浪漫的、感伤的、一吟三叹式的情调。这一点很合我的欣赏,正如俄罗斯绘画和俄罗斯音乐一样。我认为托尔斯泰和高尔基是俄国近代文学史上的两位现实主义之父,尽管他们也写过非现实主义的优秀名篇。列宁对托尔斯泰的评价——"俄国的镜子"这句话,使我铭记至今,认为是对现实主义文学最形象也最高的评价,尽管这一种文学观念,目前似乎太古老太陈旧，并且遭到新潮理论家和作家的讥讽。但我常常暗想，若中国小说家，也能被评价为中国某一时期的"镜子"，那么诺贝尔文学奖又算什么呢？

我至死也不赞同将一部文学作品的社会认识价值剥离尽净之后，再去评价一部文学作品意义的观念。也至今仍不打算向这样一种文学观点靠拢并去进行创作实践。

现在的俄国文学，亦即苏联文学，是否像中国文学一样，也处于所谓"低谷"状态呢？在经历了一个较长时期的所谓"社会主义现实主义"的实践之后，究竟面临着怎样的沉思和选择呢？

坦率讲，我所知甚少。最后一部引起我大的兴趣的苏联小说是《日瓦戈医生》。我读过的最后一批苏联小说是《落角》《你到底要什么？》《蓝眼国》《斯托列托夫案件》《活着，但不要忘记》《白轮船》……是在1974至1977年这段时间里，在复旦大学我是工农兵学员的年月。当代苏联文学已失去了令我崇拜的魅力。但当代苏联电影却仍有令我刮目相看的高品格高品位之作。这一点似乎与中国的现状相反。在中国，文学虽处所谓"低谷"，却已趋向更成熟，电影虽看似繁荣，却已滑于浅薄。至少我自己这么认为。当然，这也许太片面……当然，这是受经济因素制约的……英国文学和法国文学也是我所崇拜和喜爱的，一如我崇拜和喜爱狄更斯、哈代、萨克雷、福楼拜、莫泊桑、乔治·桑、雨果、司汤达、罗曼·罗兰等世界文学史上伟名不朽的大作家。现在，你已会得出结论：我所欣赏的英法小说及其作家，都是一些文学遗产性的作品及逝去了的作家。

是的，是的，的确如此。我无法不老老实实地承认。英法文学的古典主义、浪漫主义情调及批判现实主义的色彩，对我的创作实践也施加了很大的影响。对英法现代小说及其理论，我也阅读甚少，所知甚少。在这方面，我是一个落伍者。无疑地是一个落伍者。这倒不是说，我排斥所谓"现代小说"及其理论，而是因为，读书的时间，比是一个文学青年的时候，大大地减少了。常想拟定一系列书目，安排从容的时日，较全面地读读此类小说，但这一愿望一直不能实现。

对于美国文学，我简直不敢说什么。我1976年访法时，一位法国汉学家不无悲哀地对我说，法国已不再是世界文学艺术的中心了，这一项桂冠已奉让给了美国。

我十分怀疑这位法国汉学家的话。也许仅仅是某种悲哀的表露吧？今天的美国文学在世界文学中究竟占据着什么样的地位呢？也许是相当重要的地位。但是否已经达到了领先甚至领衔的地位呢？我很欣赏过的美国作家是杰克·伦敦、马克·吐温和欧·亨利。一位美国的汉学家曾问我：是否受过杰克·伦敦小说的某种影响？我的回答是肯定的，影响不浅。这一影响，从我的某些知青小说中会窥见渊源。欧·亨利无疑是美国的短篇小说之父。他的某些优秀之作堪称世界文学史上的珍珠。但他的相当数量的短篇小说，大概也是"玩文学""玩"出来的产物，供人们茶余饭后聊以消遣而已。我钦佩他那些优秀之作谋篇的机智和结尾的出人意料，它们具备典型的短篇小说最主要的特点。短篇小说更能显示出作家精神劳动的机智性，这一结论，我是从阅读欧·亨利的小说中获得的。

美国当代小说，除了一些短篇，我只读过《第二十二条军规》《麦田守望者》《富人·穷人》，还有《战争风云》和《海鸥乔纳森》。我不认为《麦田守望者》那么那么地了不起——向我推荐和与我谈论它的朋友对它的评价极高。我也不认为《富人·穷人》那么地平庸——"通俗小说而已"。

仅仅用"现代意识"去划分作品，并进而区分高下，我认为体现了国人的时髦心态和对文学的肤浅理解。

我认为《富人·穷人》远比《麦田守望者》要优秀。当然，这也可能和译者的水平有关。或许《麦田守望者》相当优秀，恰恰体现在语言方面，而译者恰恰在语言方面抹杀了它的艺术魅力……

海明威是美国的文学巨子。他自己曾说他打败了福楼拜、莫泊桑和雨果。但我看未必。都是文学巨子，他是其中之一，代表一个时期的美国文学的世界水平，如此而已。

美国人崇尚传奇人物。海明威很传奇。海明威也常常有意无意地制造和夸张自己的传奇色彩——他的名望并非和这一点无关。我深知自己是很不合时宜的小说家。一谈起外国文学和西方文学，我总在谈"过时"的作家和"过时"的作品。我不讳言，我是喝他们和它们的奶粉长大的"孩子"。我用"奶粉"而不用"奶汁"两个字，意在强调，他们和它们之于我，其实是"代乳品"，营养丰富。这营养是我必需的。但我毕竟不是一个洋娃娃，也从不想成熟为一个"洋"小说家。

小说家不能首先征服——是征服，而不是取悦更不是媚俗于本国读者——那么，即使被各种肤色的汉学家捧上了天，也终究是挺令人沮丧的。最后我要说，外国文学之于我，很像是异国异地升飞起来飘逸在文学天空上的各色风筝。它们必会永远永远地吸引我，叩击我的心扉，启迪我的灵感。它们丰富着我生活的内容和意义。从这一思想出发，我愿中国小说也如天空的风筝，给外国的文学读者与我一样的亲切感受。让我们感激那些致力于翻译工作的人——那些放起风筝的人——中国的和外国的翻译家们吧！

虚假柔情似水，人们谁更专业

——观美国电影《楚门的世界》有感

　　"我不干了！他一点儿都不专业！"——在人的一生中，谁不曾说过这句话或类似的话？一次都没这么说过的人，难道心里边也一次都没这么想过吗？

　　当一个人走向社会以后，他便开始有了同事和同行。既有之，某两个人的合作关系于是发生。正如马克思所指出的——每一个人都是社会关系的总和。合作的关系一经成为事实，结果无非两种情况——愉快的，或不愉快的，甚而令人恼火的。当不愉快的，甚而令人恼火的情况发生，并且纯粹是由合作伙伴的不善合作或者成心不好好合作导致的——请问，谁没说过"我不干了"呢？谁心里边竟一次都没这么想过呢？倘若果有其人，那么此人非但不会被我们心悦诚服地视为楷模，还会引起我们的轻蔑和不解——怎么那么"面"？不干了还不行吗？

假若一方决定不干了也还是不愿意用话语太过严重地伤害对方，那么他或她的指责又大抵仅限于专业方面的不满。

"我不干了，他一点儿都不专业"——这实在意味着是相当君子风范的一种解除合作关系的声明。就专业论专业，三缄其口，不言其他。

"我不干了，他一点儿都不专业"——这句话是一位妻子冲一位叫楚门的丈夫哭着叫嚷出来的。他们都是美利坚合众国的公民，虚构的两口子，确切地说——是美国当下电影《楚门的世界》中的一句台词。

楚门是一个在婴儿的时候就失去了全部亲人的可怜的家伙。

国外传媒曾经报道过这样的一则车祸——一大家子全身亡了，但由于巨大外力的冲撞，遂将出生的婴儿从母亲腹中挤压了出来。他四肢朝天躺在高速公路上，响亮地哇哇啼哭……

美国前几年还拍过一部电影《国王也疯狂》——在英国老女王的生日那一天，刚刚下过一场雨，彩虹当空，皇家摄影师在王宫前的草坪上为全体王室成员拍合影，结果照明灯引线出了问题，整个湿漉漉的草坪成为电源锅，王室成员无一幸免，满门死光光，连皇家摄影师也以身殉职……

在我们这个星球上，不幸比幸运多得多。楚门摊上的是类似的不幸。上帝让他一出生就摊上的，怪不得别人。

然而楚门又似乎那么幸运，他的抚养权被一家经济实力雄厚的大公司特别"人道主义"地垄断了。或者换一种商业上的说法，以一百几十万巨款在招标抚养时被买断了。我们正处在一个庞大的商业乌贼的八只触角无孔不入的时代。楚门的不幸具有广阔的商业价值的前景。一切过程都符合商业游戏的规则，法律手续很是完备。

作为一个人，楚门需要父母，于是他有了爱他如亲生子的父母。父亲是一位颇有人缘的先生，母亲是一位温文尔雅的知识女性。当他小时候有一次悄悄离开父母身边，冒险登上一座假山去玩时，父母发现了是多么大惊失色啊！母亲都快急哭了，而父亲奋不顾身，也迅速登上假山去把他抱了下来。他们甚至都没有说一句责备他的话，因为儿子又安全了而情不自禁地拥抱在一起。父母对儿子的爱，那时体现得真切又动人。

当楚门到了对异性发生兴趣的年龄，有一个可爱的姑娘仿佛从天而降，出其不意地跌入他怀里。她那一双含情脉脉的大眼睛立刻噼里啪啦地向他发出一簇簇电火花。尽管他自己当时正望着另一个姑娘以目传情，但毕竟是——怀里的美国大丫头也天真烂漫而又发育成熟得鲜嫩水灵，实是可爱尤物呀！结果怀里的顺理成章自然而然地做了他的妻子。她的工作是护士，在美国是受人尊敬的职业。至于他心灵的一角，还总怅怅地惦记着的那一个谜样的美眉，那也就只能成为他爱情心路的一个秘密了。可爱的女人总不能让楚门一个人占两个啊！舍一个给一个，方显世界的人文文化啊！

至于他的工作，看起来是他能愉快胜任的。显然，印在名片上也是不失面子的。

此外，房子，他有了。虽不能说是豪宅，但也绝不比前街后街别的住宅差。车子，他也有了。美国的中档汽车，在别国，算是高档的了。朋友，那是能与之促膝相谈推心置腹的，在楚门忧郁时，善于把话劝到他内心里边去的一个朋友。用中国北方的话说——"发小"的朋友，可以"掏心窝子"的朋友。

他与邻里关系亲善。他与人人友好相处，人人也与他友好相处——总而言之，作为社会关系的总和，他似乎处在和谐之中。请注意，这是我们第二次用到"似乎"一词。

作为一个美丽的小镇上的正当英年的美国公民，他幸福着，满足着，快乐着，脸上每一天都挂着大儿童般的笑容。如果我们以平常心来看待幸运，谁能说刚来到这个世界上时特别不幸的楚门，后来的人生不是幸运的？如果我们以平常心来理解幸福，谁能否认楚门是一个幸福的美国人？

人心是一个复杂的器官。它复杂就复杂在——一旦只盛满同一种东西，幸福也罢，不幸也罢，人便难免会被异化。前一种异化使人性娇贵脆薄；后一种异化使人性阴暗扭曲。楚门的人性避免了这两种异化——在他童年的时候，与他泛舟河上的父亲不慎落水身亡。悲痛在他的人性扉页上刻下了深深的痕迹。楚门之惧水，使我们看到了一个儿子对亡父的爱会持续得多么久。这令我们感动。九分幸福掺兑了一分遗憾乃是心灵容瓶最佳的成分比例。

然而，当真相渐渐浮出水面，当一切后来皆被证明是百分百的骗局的时候，楚门的世界被彻底解构了。原来两情相悦的夫妻之爱只不过是楚门被蒙在鼓里的情况之下，镜头前的作秀兼做广告，甚至可以反过来说是为了对广告负责所必须进行的情爱包装伎俩；原来慈母亡父只不过是一个专为自己而成立的剧组里的演员；原来"发小"的朋友是自己这个"大明星"的无怨无悔的终生配角；原来父亲的身亡是剧中情节，因为全球的亿万观众喜欢看到楚门以绝对本色的风格表演悲伤和诠释一个人的心灵痛点；原来公司指派给他并且最初使他觉得正中下怀的一次出差，只不过是由于剧情需要新的看点和卖点；原来自己一无隐私，每天二十四小时全天候"纪实"地将每一言每一行包括每一动念都裸呈于亿万人的眼前，而亿万之人业已如此这般乐此不疲、津津乐道地观看他长达三十余年一万多天……原来这一切的背后，关系着高投入高产出与高回报的一条商业链的可持续环接与否。

"似乎"一词于是原形毕露，暴露出了令任何一个有自尊的人都倍感俗恶的真相。

当楚门企图对抗，企图从自己不情愿的情境中成功摆脱，因而与可爱的妻子一朝反目发生冲突，终于彼此敌对起来的时候，妻子叫嚷出了开篇那一句话——"我不干了！他一点儿都不专业！"

这是楚门剧的经典台词之一，它出于一号配角而非主角楚门之口，可谓俏皮也。然而欣赏反应敏感的观众品咂一笑之后，大抵都会产生点儿意味深长的什么联想的。

美国人在当下为什么会拍这么一部电影？促成这么一部电影出笼的美国的文化背景是什么？这么一部电影所予以戏谑的文化现象又是什么？它所针对的仅仅是一种文化现象，还是也戏谑了被那一文化现象所左右的当代美国人？仅仅是当代美国人吗？倘不仅仅是——面对那一具有美国特色的文化现象，别国的人们有何文化心理的反应？是接受习惯的不适和排斥？还是喜闻乐见的欢迎？倘是前者，为什么？倘是后者，又为什么？这么一部电影中，包含有美国人对自己所主导的全球文化潮流的自嘲式的反思和犹抱琵琶半遮面的批评么？抑或最终还是通过一部影片达成了与自己当下文化的握手言和？倘有，体现在哪里？倘无，又何以无？或者，以上一切联想，只不过是一厢情愿自作多情的认真，而在美国佬那儿，仅仅是为自娱和娱人？正所谓中国人一认真，美国人就发笑？

此片的结局可以多种多样，为什么美国人偏偏选择了握手言和？是影片发行的商业考虑，还是美国电影在全世界稳居龙头老大地位的文化心理使然？

同学们谁能设想出另外的结局？比如走投无路的楚门选择了自杀？那么一来，美国人将怎么看待自己的这一部电影？别国人又会怎么看待？楚门之门暗示着些什么？门的那一边为什么起初是黑洞洞的而不是一门即开，灯火辉煌别有洞天的情形？

当然，人类的影视文化，包括美国的影视文化，并没有糟到将人类都快变成楚门的地步。这世界上人和人的关系，也绝对没有虚假到无论亲情、爱情还是友情全都变质了的程度。

但，人类不是已经开始担心科技发展对人的异化了吗？那么，科技的直接介入，会否异化人类的文化本身？异化了的人类文化，会否使人类在不知不觉中迷失了文化这一人类古往今来的理性灯塔？而有一点是肯定的——美国人经由此片，又在全世界大赚了一笔美元。这一点应带给别国人，包括中国人一些文化反思吗？我们中国人的当下文化也有值得反思之处吗？我们的当下文化对我们的社会形态和生活方式也产生重大影响吗？正面的影响是什么？负面的影响又是什么？我们中国人每天面对的中国特色的文化形态，也有虚假干扰智商的现象吗？或并无此虑？倘有，是哪些现象？倘纯系杞人忧天，我们明天的文化前景又是怎样的？是我们文化形态中的虚假多，还是我们现实生活中的虚假更多？我们现实生活中有哪些虚假其实也表现得柔情似水？握手言和也许反而会使我们获得楚门也曾获得过的"幸福"？谁宁肯放弃楚门式的"幸福"？为什么？当女大学生在网上公开拍卖自己的幽会权时，这是女性权利的自觉，还是女性意识的异化？

这一现象的出现，尽管是特例，没什么普遍可言，这是由于文化影响使然，还是由于社会的商业倾向太浓使然？抑或是二者合谋之下催生的结果？

倘女大学生够漂亮，而男大学生又钱包鼓胀，我们班上有哪一名男生愿意参与竞标吗？试问，当现实生活中虚假柔情似水，那么我们谁更专业？苏格拉底说："人啊，认识你自己！"我认为，在今天，人认识自己已经不成大的问题，而人认识世界的困惑，则比以往任何世纪都更加多了。人无法认清世界，则必迷失了自己。"人啊，认识这世界！"——这应该成为当代箴言也。

不爱当如何?

　　最近，我为学生们放映了《罗马假日》。它一向被公认为经典的黑白片，也被公认为经典的爱情片。

　　学生们从多种角度评论它，而我之目的在于，提升他们对电影精妙细节及对话的赏析旨趣。《罗马假日》在以上两方面瑰彩纷呈，不但对电影评论与创作有示范意义，对文学评论与创作也有。

　　讨论中，一名叫王娇娜的女生提出了一个问题，她说："如果安妮公主不那么清纯美丽，心洁如泉；如果格里高利·派克扮演的小报记者布莱德也并不风度翩翩，温文尔雅，给人完全可以信赖的良好印象，结果将会怎样?"

　　这是一个令我始料不及的问题。

　　教室里一时肃静。

　　她接着说："我的问题不仅是由《罗马假日》而提出的。看完

《泰坦尼克号》我也想过这一问题——如果一个女人其貌平平，一个男人绝不会爱上她，而她对他的人格又特别地依赖；那么他还将靠什么停止对她的利用，不将损人利己的事干到底呢？"

这是一个太愚蠢的问题吗？同学们的表情告诉我，他们重视这个问题。是啊！

如果一个男人并没爱上一个女人，而对方也没爱上他，那么，他在完全可以通过蓄意设计的圈套大赚其钱的情况之下，还会改变决定吗？进言之，他还会像《泰坦尼克号》的男主人公那样，为了一个女人多一份活下去的机会，而自己甘愿选择死亡吗？

《罗马假日》中的布莱德，身为记者，他的做法百分之百地合法，并且根本不必顾虑来自公众社会的谴责。恰恰相反，不论是报界同行，还是喜欢看八卦新闻的市民，分明正嗷嗷待哺似的期望着看到关于一位皇族公主怎样自损形象的报道呐！那将令他们多么开心啊！而布莱德定会一夜成名，获得五千元的大宗稿费不算，还另加五百元和主编打赌所赢的钱。他的记者生涯，或曰他的事业，八成也会从此一帆风顺，否极泰来，蒸蒸日上。他的朋友，摄影记者俄宾，也会沾他的光和他一样利好多多啊！何乐而不为？

他当时可是身无分文了呀，连"打的"钱都是向看门人借的呀。

我想，学生王娇娜差不多是等于向全世界的男人提出问题呢；反之，此问题对于一切女人也显然是一个问题。

如果损人利己之事既在法律的许可范围，又有职业特性维护着，还将大受市民俗常心理的欢迎；并且，全无半点儿爱呀情呀的关系阻碍着——一干到底？还是中途罢手？

教室里依然肃静着。

这是令人尴尬的肃静。

终于，一名叫赖庆宁的男生回答了王娇娜的问题，他站起来说："在男人和女人的关系中，除了爱，还应该有义啊！在电影中，当公主接见记者们时，一发现布莱德和俄宾站在第一排，赫本的表演告诉我们，公主的内心里是有几分惴惴不安的。有记者问她对她去过的哪一座城市印象最深，她回答：'罗马。无疑是罗马。'之后，又情愫绵绵地说：'我对罗马的良好印象，正如我对我和朋友之间的友谊一样。'而布莱德立刻这样说：'我们相信公主的判断是不会错的。'于是公主的唇边浮出了一丝会意的微笑。我个人觉得，此时布莱德与安妮公主之间的关系，比他们拥抱和亲吻时更令我感动。联想到在祈祷墙前，布莱德说：'这里后来是人们祈祷安全的地方。'而公主说：'听来真是耐人寻味。'而我想说，电影的编导们对两处情节的呼应性关照，也是特别耐人寻味的。在现实生活中，设圈套损人利己的现象越多，产生心理不安的人就越多。尤其当损人利己的事并不犯法时，我相信，每一个人都希望听到有机会危害自己的人说出布莱德的那一句话。在那时，义比爱情具有更高的人性品质。尽管我并不自认为'义'这个字已经全部代表了我的观点……"

他的话被一阵掌声打断了。

我本想说——一个人仅仅如鱼戏水自在其乐地活在法律的底线之上，他难以成为像布莱德那么可爱又可敬的人。

我本想说——一个民族的人倘都那么活着，这个民族难以是一个可爱又可敬的民族。

　　我本想说——一个国家的人倘都以那么活着而洋洋得意，那么这个国家快拉倒了。所幸，世界上并没有那么一个不可爱不可敬的国家……

　　掌声即起，我觉得我的话没有再说的必要了。

　　经典之所以堪称经典，乃因它所带给我们的，远比表面看起来的要多啊！

　　向经典致敬！

文艺三元素

文艺三元素：娱乐，审美，精神（情怀）影响力。人类的文艺的最古老的功能是娱乐。先祖们在狩猎成功后手舞足蹈，亦吼亦叫，可视为初始的文艺；那是一种欢乐流露。从灵长类动物如猩猩、猴子身上，仍能看到这一现象。到了后来，最擅长者，于是演变为表演者，亦即娱乐提供者。而大多数人，成为娱乐观看者，即受众。

但一个人类历史发展的事实乃是——如果人类的精神意识状态一直停止在对娱乐的需要，那么人类的社会中便断不会有后来的丰富多彩的文艺形式；人类的精神也不会受文艺的影响而提升，那么，人类其实文明不起来。

所以我们说，人类的文明，它不仅仅是科技的进步所推动的，还是人类文艺所熏陶的。地球上只有人类有审美需要，而正是审美需求，使文艺得以在人类社会中渐渐形成，也使人类在精神状态上产生飞跃。审美的基本内容，最初是形式的，体现为对色彩、线条、形状（态）、节律与场景的敏感。动物眼中的世界比我们少色彩。动物会对气味显示出强烈敏感的反应，但对世界上千般百种的线条现象、形状（态）现象、节律和场景却表现迟钝，或基本无动于衷。

动物对气味的敏感是生存层面的，实际上是对领地安全与饥渴直接相关的反应而已，而人对以上诸现象的反应，则体现为对超生存层面的敏感。一种精神的而非物质的需要。初始这种需要是在解决了生存困扰之后的需要，后来即使在生存困扰之时也需要，因为发觉这种需要能减轻压力。男愁唱，女愁哭。

人类对色彩的敏感起源于对自然界的色彩的欣赏；人类对线条的敏感起源于对同类首先是女性身体类的欣赏，进而是对动物如鱼、牛、鹿、狮、虎、豹……

人类对形状（态）的敏感起源于对对称及圆、三角的欣赏，许多人类所创造的物体形状都是由对称原理及圆演化的。有了对对称的敏感，才有对不对称美的发现；有了对圆的欣赏才有对半圆、多角形状之美的发现。

滴水的声音，鸟叫的声音，日出，日落，这种种有节律的现象和自然景观，只有人类才能欣赏，从古至今，乐此不疲，也成为文艺的永恒内容。

但人类对文艺的要求还是没有满足，于是文艺又具有了最后一项元素，即对文艺之精神影响力的需求，或曰教化功能。

中国当今之人一听教化往往逆反，以为对文艺的教化功能一旦表示认可，似乎便等于承认自己的精神、心灵低于他者，使他者认为自己是需要被教化的，从而凸显了他者的优越似的。于是反而拒绝，一味只求娱乐。

其实这种思想问题是不对的，也肯定不能成为一个有起码水平的文艺受众。

我个人是这样看待这一问题的——我，人也；他者，亦人也。都是地球上的高等动物。

我们高级就高级在我们创造并享受文艺，而别类动物不能。我们的一个同类，运用文艺的形式载负了精神之影响力，代表了全人类对文艺自觉性的提升能力。而我，理解了，接受了，并且持鼓励和赞成的态度，所以我也代表了全人类对文艺的高级欣赏水平。提供此种文艺的他者，需要我这样的受众。而我这样的受众的存在，决定了他者们的存在的意义。尤其是，当大多数人都更乐于接受娱乐文艺的时期，他者存在的意义和我存在的意义，成为多么不寻常的意义啊！

在我对他者表现出艺术创作力的敬意时，他者将会多么感谢我啊！

具体说，当《卢旺达饭店》的编导演以及投资方知道我们在中国一所大学的课堂上讨论分析他们的影片时，他们一定会觉得一切努力都是那么的值得，他们不但会感激于我们，还会对我们这样的受众回报以敬意。

如果我们如此看待问题，我们是不是就不会对"教化"二字逆反了呢？进言之，没有教化的真诚，他者又非拍这样一部影片干什么呢？而如果所有的他者都不拍这一类影片了，都去争拍既娱乐（取悦）又赚钱的影片，那么人类的文艺之功能，不是又回到了先祖们初始时候的品相了吗？

关键在于，为什么精神、情怀或思想品德会影响我们，其主观愿望与艺术水准是否一致？而下面，我们就来进一步分析这一点。我曾教过你们两种评论之法：

一、比较。比较首先是和我们所看过的比较，其次才是和同类比较。倘我们看过的少，其中没有同类，只有他类——这种情况之下，还怎么比较呢？换言之，还能不能进行比较呢？

我的回答是，那也肯定会进行比较，而且能够进行比较。

因为当谁想要对某一艺术（作品）发表评论之言时，比较是他头脑中的第一反应。事实上，即使在当时，大家在看《卢旺达饭店》这一部影片时，也许某些同学的头脑中已经在下意识对比了。

明明是两类不同的影片，又怎么进行比较呢？比较主观感觉之不同。不同是肯定的。思考那不同的原因，这一思考，实际上便是在对人与文艺之根本关系，即文艺对象与接受心理之间的关系进行思考了。于是思想到了文艺三元素与我前边所谈的，与我们人类精神的提升自觉性的关系，思想到了"教化"等等……

二、比较之后，可进行解构。我们觉得，起码我个人觉得，《卢旺达饭店》是无法解构的。关于解构，我曾作过芭比娃娃与老罗马表、一艘崭新的豪华游轮与弹痕累累的旧战舰的比喻。芭比娃娃解构之后一地鸡毛，豪华游轮解构之后是钢铁；战舰"解构"之后也是钢铁，但钢铁上那些弹痕，却是重大历史事件的见证——后者的不寻常意义解构不了。《列宁在十月》也如此，你可能不赞成革命，但无法否定，它一定程度上再现了历史。而人类永远需要对历史的再现与思考，不管是哪一种历史。

于是我们会觉得，《卢旺达饭店》好比是我们面对老罗马表、弹痕累累的战舰，其对人道主义的正面颂扬，使我们肃然，根本无法解构。

当然，对于文艺，最好还是同类相比；那么，我们会自然而然地联想到《辛德勒的名单》《美丽人生》，甚至想到圣经中的……

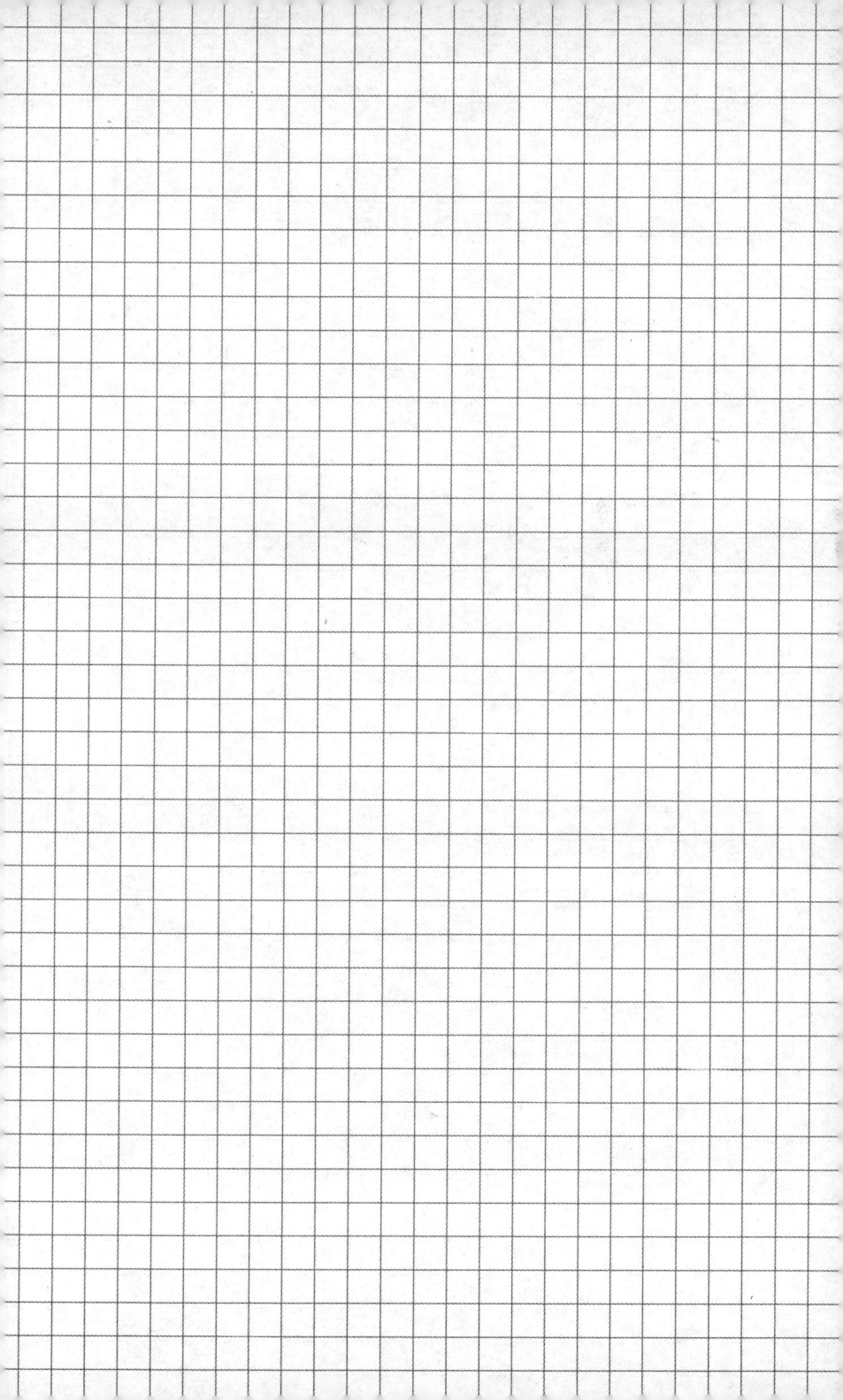

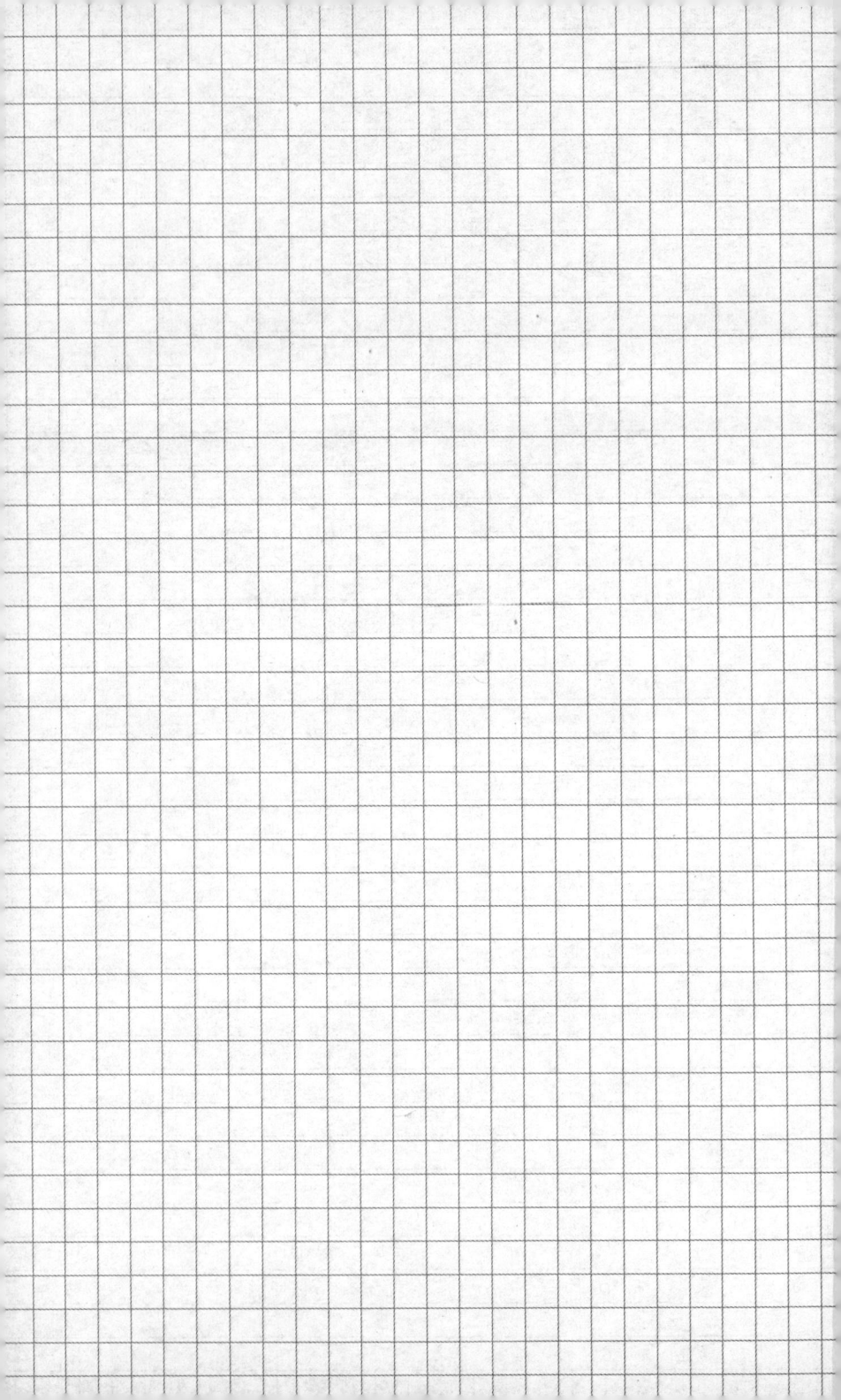

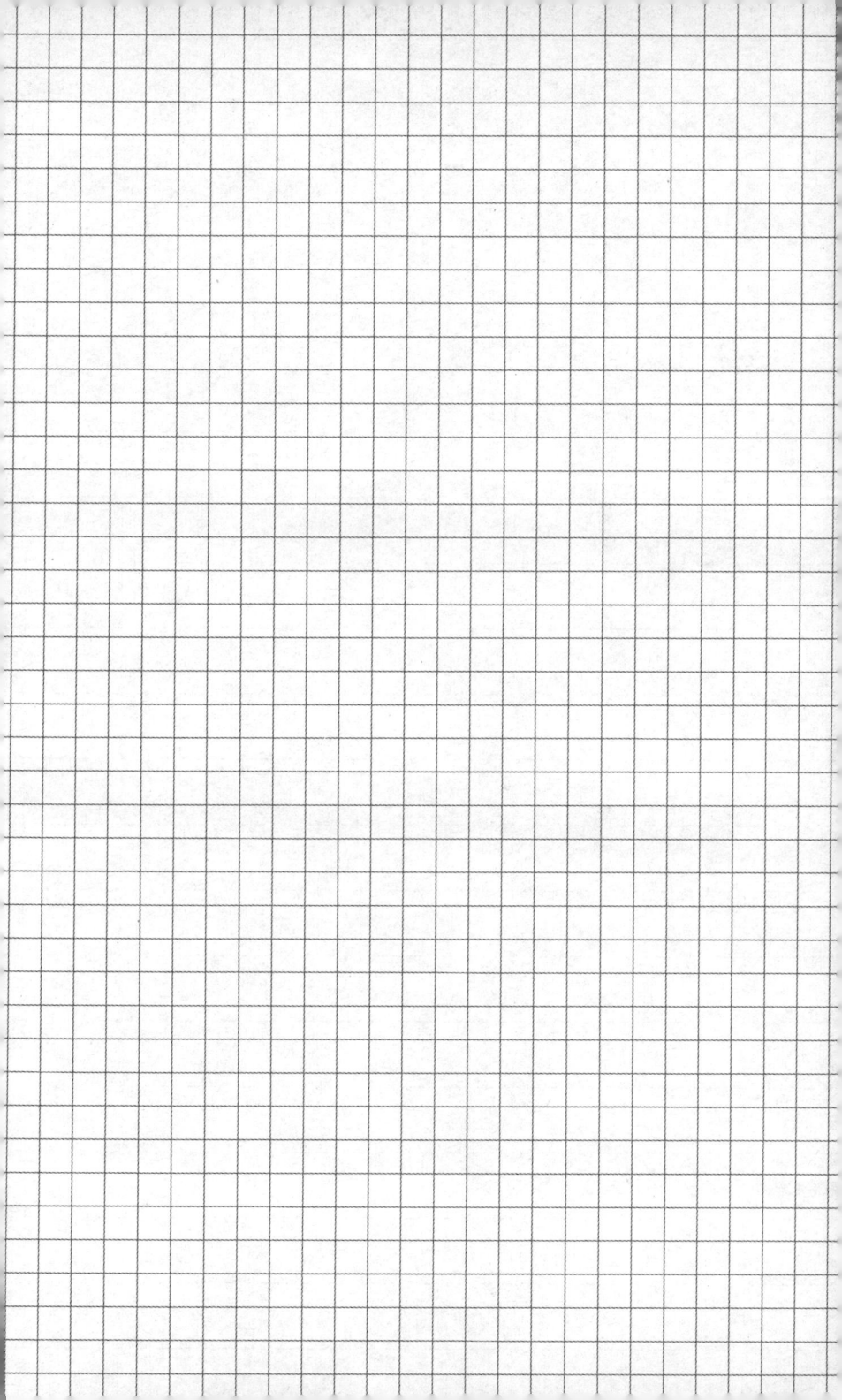

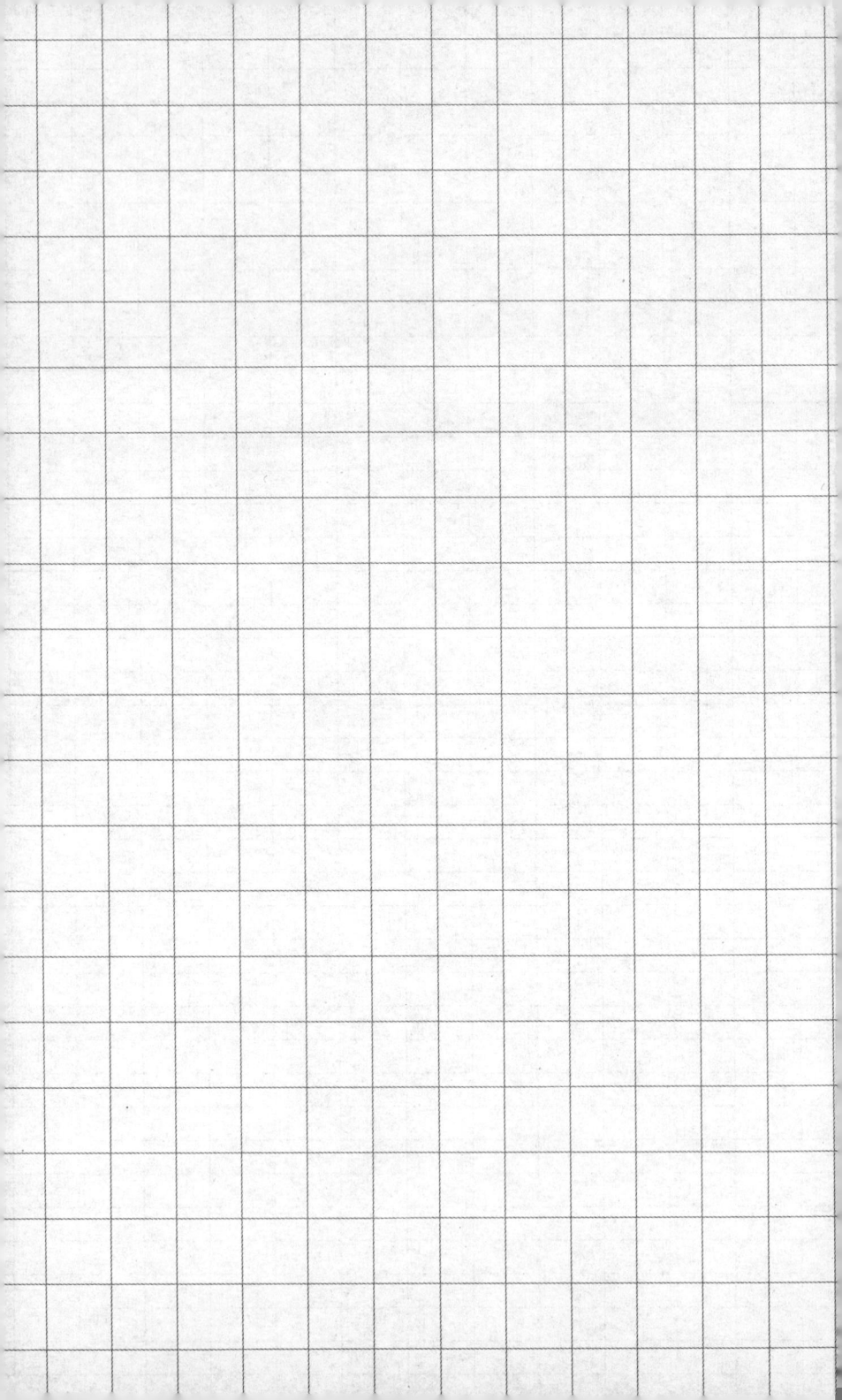